Bad Aibling, 20.10.16

Martin Sieper

ZURÜCKGESPULT
Analoggeschichten in Stereo

Ganz viel Freude beim Lesen!

D1704660

MARTIN SIEPER

ZURÜCKGESPULT

ANALOGGESCHICHTEN IN STEREO

BLAULICHT
VERLAG

Martin Sieper ist Kind der 80er, Jugendlicher der 90er und das Beste von heute. Seit seinen ersten Stehversuchen auf einer kleinen Marburger Lesebühne vor dreißig nichtzahlenden, alkoholisierten Gästen irgendwann 2009 hat er ein paar hundert Auftritte auf den Poetry-Slam- und Lesebühnen der Welt (und Bayerns) absolviert, diverse Meisterschafts-Vizetitel und einiges an Applaus geerntet. Inzwischen lebt er in Rosenheim und kämpft sich von dort durch den Bandsalat des Lebens.

www.martinsieper.de

Die Deutsche Bibliothek verzeichnet diese Publikation in der Deutschen Nationalbibliografie; detaillierte Informationen sind im Internet über http://dnb.ddb.de abrufbar.

1. Auflage Mai 2014
© Blaulicht-Verlag, Helmstedt
Alle Rechte vorbehalten.
Cover, Lektorat & Satz: Marvin Ruppert
www.marvinruppert.de
Coverillustration: © Edhar Shvets | shutterstock.com
Foto Rückseite: Naemi Bremecker
Gesetzt aus der Adobe Garamond Pro

ISBN: 978-3-941552-26-5

Printed in Germany

www.blaulicht-verlag.com

PLAYLIST

»Freust du dich, Junge? Freust du dich?«

Der Deckenstrahler im Wohnzimmer und sämtliche Augen sind auf mich gerichtet. Omma hüpft unruhig von einem Bein aufs andere, wobei »hüpfen« nett formuliert ist, der Kunststoffgehalt in ihrer Hüfte macht »hüpfen« im eigentlichen Sinne unmöglich. Oppa läuft derweil aufgeregt mit seiner Kamera um die Sofagarnitur herum und freut sich.

»Dass ich das noch erleben darf, Irmtraud! Dass ich das noch erleben darf! Ich freue mich so!«

Ja, und ich mich erst. Meine Freundin, die der eigentliche Grund für den Großelternbesuch ist, sieht mich verstört an und umklammert ängstlich meine Hand.

»Der tut nix, der will nur spielen«, flüstere ich ihr wenig überzeugend zu.

9

Oppa filmt immer alles und jeden, vorzugsweise auf Reisen. Das geht so weit, dass er in fremden Städten regelmäßig mit Google Street View verwechselt wird, da er auch keine Scheu zeigt, in voller Fahrt, mit einer Hand am Lenker, den Straßenverlauf durchs Panoramaschiebedach hindurch zu dokumentieren.

Einen kurzen Moment mache ich mir Sorgen um meine Privatsphäre, doch der Datentransfer von VHS auf YouTube dürfte für meinen Großvater eine schier unlösbare Aufgabe darstellen.

Ich starre ungläubig auf den Stapel alter, aussortierter Schallplatten, die in diesem Moment in meinen Besitz übergehen: »Wundervolle Heimat – Die schönsten Bundeswehrmärsche aller Zeiten.«

»Die hast du doch als Kind so geliebt!«, ruft Oppa und zoomt auf mein Gesicht, indem er drei Schritte auf mich zugeht.

»Ja sicher, Oppa! Als Kind habe ich auch geglaubt, dass die Sonne scheint, wenn man den Teller leergegessen hat. Heute haben wir lauter fette Kinder und Klimawandel! Außerdem dachte ich immer, dass Vampire in Gruften leben und nicht in einer Villa mit Glasfront.«

Meine Freundin wirft mir einen bösen Blick zu, da ich es ein weiteres Mal gewagt habe, mich über die Twilight-Glitzer-Theorie lustig zu machen. Bis(s) einer heult, denke ich mir.

Omma rutscht nervös auf dem Sofa hin und her und klatscht im Musikantenstadlstil unrhythmisch in die Hände.

»Jedes Jahr haben wir dich mit aufs Schützenfest genommen, jedes Jahr!«, ruft Oppa. »Nicht wahr, Irmtraud?«

Er hat recht und leugnen wäre vergeblich, da es auch hierzu Videomaterial gibt. Als Kind liebte ich Spielmannszüge, Blasmusik und über die Straße gespannte Fahnen und Wimpel. Also all die Dinge, die rückblickend weniger an Dorffest als an Einmarsch in Polen erinnern.

»Guck mal, da marschiert der Junge, schön im Gleichschritt!«, tönt Oppas Stimme aus dem Fernseher, gefolgt von Ommas: »Grüß doch mal in die Kamera, Martin!«

Grüßen und marschieren, super Kombination. Private Heimvideos sind so ein bisschen wie Stasiakten, die auch irgendwann so ganz plötzlich auftauchen und sämtliche Jugendsünden ohne Rücksicht auf Verluste aufdecken. Und das natürlich ausgerechnet an Tagen wie diesem, wo man gerade die neue Freundin den Großeltern vorstellen will.

»Guck mal, da macht der Junge groß. Schön ins Töpfchen, hat er immer ganz fein gemacht!« Der

Fernseher läuft immer noch. Haben sich diese Bilder einmal im Hirn meiner Freundin eingebrannt, sie werden für immer bleiben.

Nun ist Oppa wieder am Zug. »Junge«, fährt er fort, »Junge, gute Musik kann man immer gebrauchen.«

»Klar, Oppa! Nichts hebt die romantische Grundstimmung auf so beeindruckende Art und Weise wie ein schöner Radetzky-Marsch beim Candle-Light-Dinner. Stehen die Frauen voll drauf.«

»So hat der Oppa mich auch immer rumgekriegt, hihi«, fügt Omma hinzu. Bäh, nichts gehört und nichts gesehen, das letzte Wort bleibt ungeschehen.

»Krass Alter, Vinyl!« Mein Bruder hat inzwischen das Wohnzimmer betreten. »Kann man s- s- s- scratchen!«

Ich starre ihn fassungslos an.

»Wie Vinyl? Alter, das sind M- M- M- Märsche! Darauf kannst du 1. aufmarschieren, 2. einmarschieren und … 3. Reich werden!«

Mein Handy klingelt. Ich drücke das Gespräch weg.

»Kann dein Gameboy eigentlich auch dieses Internet, Junge?«

»Ja sicher, Omma! Der kann sogar online!«

»Online? Ist das das mit den Nackten?«

»Quatsch, Irmtraud!«, bringt Oppa sich wieder ein. »Das ist das, wo man immer weiß, wo man gerade ist!«

»Nee, Oppa. Das ist Apple.«

Oppa hat inzwischen seine Kamera beiseitegelegt und marschiert mit seinem Gehstock dirigierend durchs Wohnzimmer, während mein Bruder, immer noch auf der Plattenhülle scratchend, »Polonäse Blankenese« anstimmt.

»Gibt's eigentlich den Heintje noch, Junge?«, fragt Omma. »Der Heintje, das war doch immer so ein Süßer.«

»Ja, Omma. Der heißt jetzt Bieber und singt englisch.«

Die Situation ist skurril und faszinierend zugleich. Oppa marschiert durchs Wohnzimmer, Omma mit Rollator hinterher, mein Bruder scratcht auf der Schallplattenhülle, Mutter singt Heintje und meine Freundin versteckt sich hinter mir, damit sie niemand zum Discofox auffordert. Zu Recht – wer, wie mein Vater, auf »Smoke on the Water« Discofox tanzt, der macht auch vor Märschen keinen Halt.

Nach einer halben Stunde ist der Spuk vorbei. Oppa lässt sich mit einem tiefen Seufzer auf die Couch fallen und schläft ein. Ich muss grinsen, er erinnert mich ein klein wenig an Opa Simpson. Meine Mutter zeigt den Anwesenden währenddessen alte Kindheitsbilder und erklärt, wie das damals mit mir auf dem Töpfchen so genau abgelaufen ist. Meine Freundin verlässt kommentarlos die Wohnung. Ich bin gespannt, ob sie jemals wiederkommt.

DIE TÜREN ZUR WELT

»Tja, dann beginnt jetzt wohl der Ernst des Lebens, was?«

Mein Vater lachte und klopfte mir aufmunternd auf die Schulter. Mit einem gequälten Lächeln packte ich meine Badehose und verließ mit Seepferdchen das Schwimmbad.

»Ab jetzt stehen dir alle Türen im Leben offen«, sagte er, während die mit bunter Handfarbe beschmierte Eingangspforte zum Hallenbad mit einem lauten Knall hinter mir ins Schloss fiel.

Ich wusste nicht, ob dieser Augenblick symbolisch für meine Zukunft stehen sollte. Ich meine, ich komme vom Dorf. Mein Religionslehrer Herr Schmidt war gleichzeitig Pfarrer, Bademeister und verkaufte am Kiosk Magnum. Wir hatten mehr Kühe als Einwohner, einen Dorfsheriff, der gleichzeitig Tuba spielte, Musik unterrichtete und im Kiosk Magnum verkaufte. Wir hatten keine Bande, die Drogen vertickte, aber die Jugend immer Grund zum Saufen. Mein linkes Auge zierte ein überdimensional großes Benjamin-Blümchen-Pflaster, was das Sichtfeld an sich schon einschränkte. Kurzum: Das Leben war sehr weit weg und die Türen zu eben diesem nur schemenhaft zu erkennen. Aber ich war jung, flexibel, motiviert und besaß die Lupe aus dem Yps-Heft – ich war für alles gewappnet. Ein Leben voll ungelöster Rätsel, Magie und Abenteuer ... Masern, Mumps und Röteln und ... Grundschule. Die ungelösten Rätsel entpuppten sich als unangekündigte Diktate, die Magie wich Desillusionierung und das größte Abenteuer hieß Ines. Sie stand mir in Länge und Breite in nichts nach, trug blondes langes Haar, stand auf Fischstäbchen und ihre Lieblingsmusik war »Irgendwas mit Bass« (Zitat Poesiealbum).

'89 kam die Wende. Der Osten war wieder frei und bekam Schwarz-Gelb, unsere Katze eine Klappe, die nach draußen führte, und ich: Nachhilfe. Selbst im Gazastreifen konnte man sich freier bewegen, als ich in meinem neuen Leben.

Nach vier Jahren öffnete sich die Tür erneut einen spaltweit, als mich der Ältestenrat – Eltern und Klassenlehrerin – auf die weiterführende Schule schickte. Ich hätte alles dafür gegeben, den sprechenden Hut aus Hogwarts entscheiden zu lassen, hätte man ihn damals schon gekannt. Wie auch immer, fünf Kilometer weiter, Tür zu. Ein kurzer Blick durch die altehrwürdigen Mauern des ehemaligen Klostergymnasiums verriet mir: Nichts.

»So lange ihr auf Gott vertraut, wandelt ihr auf sicheren Pfaden«, predigte die Schulleiterin am ersten Schultag, und ich dachte: Der hat auch keine Probleme mit Türen.

Viel schlimmer als beim Abi kann's ja nicht werden, dachte ich mir einige Jahre später, als ich samt Rucksack, Stadtplan und ZVS-Bescheid den heimischen Hafen mit der Deutschen Bahn verließ und in mein neues Leben rollte.

Es wurde schlimmer.

Wann immer man das Gefühl hatte, es lief, setzte das Leben noch einen drauf. Die schöne neue Welt, die ich allein schon wegen Zwangslektüre Huxley scheiße fand.

»Ab jetzt stehen dir alle Türen im Leben offen«, versprach mir mein Vater erneut. Diesmal mit dem Wissen, dass sie sich nach 80 Kilometern tatsächlich für mich öffneten, und zwar »in Fahrtrichtung links«. Die schöne neue Welt offenbarte bereits am Bahnhofsvorplatz ihr glänzendes Antlitz. Schon im Zug dachte ich mir: Wow, krass, Uni – hier bin ich Mensch, hier steig' ich aus. Ich hatte genau drei Zusagen von der ZVS bekommen und fühlte mich wie ein Kandidat bei »Geh aufs Ganze«. Fehlte nur noch, dass Jörg Dräger aus dem Gebüsch gesprungen kam, um mir den Zonk zu verleihen.

Wählen Sie Tor 1: Studieren in der Heimatstadt. Siegen. Mit Liebe zum Detail zerbombt und schlampig wieder aufgebaut. Siegen, die wohl einzige Stadt, die ihren Fluss zubetoniert, um einen Parkplatz zu bauen. Siegen, die Rubensstadt, wo Rubens zeit seines Lebens bestenfalls mal durchgeritten ist. Siegen, hier bin ich Mensch, hier muss ich weg.

Oder entscheiden Sie sich für Tor 2: Gießen. Das muss reichen.

Die Wahl fiel auf *Tor 3:* Marburg. Das Hogwarts unter den Unistädten. Nicht der Hauptpreis, eher Teilnehmerurkunde.

»Nächster Halt: Marburg – Süd«.

Gut, »Marburg – Süd« war immerhin eine deutliche Steigerung zu »Dorf – Mitte«, wobei es mehr als »Mitte« im Dorf nicht gab und nach »Mitte« nur noch »nächstes Dorf« kam. Jedenfalls bei Anruf. In Marburg war das anders. Hier gab es Süd und Mensa. Die geografischen Grenzen einer Studentenstadt. »Du darfst das Glück nicht suchen, das Glück findet dich!« Aber wie denn? In Marburg? Ich lebte auf fünfzehn Quadratmetern umgeben von Bergen, Kirchen und Treppen. Vielen Treppen. Zu vielen Treppen. Hier fand mich beim Unwetter nicht mal der Blitz, geschweige denn der Postbote. Wie sollte mich das Glück hier finden?

Sechzehn Semester spä… Wenige Jahre später, nach erfolgreichem Studium inklusive einem national als auch international anerkannten Abschluss, schickte mich das Jobcenter wieder zurück, wo ich hergekommen war. Die angepriesenen Pforten zur Welt entpuppten sich als Drehtür, die ich beim besten Willen nicht zuschlagen konnte. Und ja, ich habe es mehrfach versucht. Das sieht dämlich aus.

Die Welt ist ein großes Takeshi's Castle. Hinter jedem zweiten Türchen lauert irgendein Vollidiot, der dich zurück in den Matsch schubst. Was auch immer du tust oder welchen Weg du auch einschlägst. So ganz konnte ich mich scheinbar nie von meinen Wurzeln trennen. Und vielleicht ist das auch gut so. Zumindest in der Theorie stehen für jeden von uns die Türen zur Welt weit offen. Blöd nur, dass die Welt manchmal so unglaublich klein ist. Vor allem, wenn man vom Dorf kommt.

DER EINZUG

»Eines Tages wird dies alles dir gehören!«

Der schlaksige Typ mit dem ausgewaschenen Ramones-T-Shirt sitzt lächelnd auf einem Schaukelpferd, breitet seine Arme aus und blickt sehnsüchtig, wie ein Monarch, der seinem Thronfolger die zukünftigen Ländereien zeigt, in die Ferne. Ich folge seinem Blick, aber bleibe an den Wänden hängen, die das zehn Quadratmeter große Zimmer abgrenzen. In den Ecken brennen Räucherstäbchen, die den Raum von negativen Energien reinigen sollen. »Sagt der Hersteller«, sagt der Typ.

Klar, denke ich, schon die alten Schamanen haben gewusst, wie man Dämonen mit Vanille-Duftkerzen von Xenos vertreibt.

»Ach so, ich heiße übrigens Boris«, sagt Boris, der immer noch auf dem Schaukelpferd sitzt. »Und du?«

»Ich«, sage ich.

Er wippt zufrieden.

»Wo siehst du dich in fünf Jahren?«, fragt er.

Das ist bestimmt eine Fangfrage, denke ich. Das kenne ich aus Erzählungen. Mein Schulfreund Thomas war erst letztes Jahr bei einem Vorstellungsgespräch und wurde gefragt, wo er sich in fünf Jahren sehe. »Auf Ihrem Stuhl«, hatte er dem Geschäftsführer geantwortet. Er bekam den Job, aber das waren auch noch andere Zeiten. Jetzt muss ich überlegt handeln.

»In deinem Zimmer«, sage ich.

Boris lacht. »Na, immerhin nicht in einer anderen Wohnung. Ich mag nicht ständig nach neuen Mitbewohnern suchen.«

Im Hintergrund höre ich leises Meeresrauschen.

»Was hörst du denn da eigentlich?«, frage ich.

»Meditationen für Millionen. Beflügelt die Seele und öffnet die Chakren, sagt www.fragmutti.de, sagt Mutti«, sagt Boris.

»Da fehlen Töne«, sage ich.

»Das muss so. Ist Chill-out.«

»Das ist ein musikalischer Lückentext«, sage ich. Chill-out. Elektronische Musik mit dem bewussten Verzicht auf Töne. Das Genre für Tanzlegastheniker, die den ganzen Tag in ihrem IKEA-Musterzimmer im Schneidersitz am Boden sitzen und den Deckenkronleuchter aus Plastik bewundern – ohne Drogen zu nehmen.

»Was hörst du denn sonst so für Musik?«, frage ich.

»Och, eigentlich alles«, sagt Boris. Ich starre ihn sehr lange sehr fasziniert an. Alles. Oh Gott. Alles, das ist fast so schlimm wie demokratische Mitte wählen.

Ich frage Boris, ob er noch eine Frage hat. Er schaut mich sehr lange sehr konzentriert an.

»Jetzt mal angenommen, du würdest hier einziehen, also, nur mal so theoretisch. Würdest du Senf mitbringen?«

Ich schaue ihn sehr lange sehr irritiert an.

»Hä?«

»Es ist so, also, ich habe Würstchen«, sagt Boris.

Okay, denke ich, lassen wir uns einfach mal drauf ein.

»Also, Senf kann ich mitbringen«, sage ich. »Kein Problem.« Boris schaut mich sehr lange sehr skeptisiert an und nimmt einen Schluck Kaffee.

»Das hat der Typ vor dir auch behauptet.«

»Nun, ich wollte eh einige Sachen schon vor meinem Einzug hierherschicken. Senf zum Beispiel«, sage ich.

»Und Milch und Eier? Das würde uns einen Einkauf ersparen«, ergänzt Boris.

»Sonst noch etwas?«

»Würstchen wären praktisch.«

»Hast du nicht gesagt, du hättest welche?«

Boris zögert. Das Meeresrauschen hat sich mittlerweile zu einem Kategorie-5-Hurrikan entwickelt, der mir kein Gefühl mehr von innerem Frieden, sondern von Sommerurlaub 2005 in New Orleans vermittelt.

»Hey, also der erste März, der ist noch zwei Wochen hin, und manchmal wache ich nachts hungrig auf. Man kann ja nie wissen. Gut, also Folgendes: Wenn ich dich nicht anrufe, dann hast du das Zimmer. Aber nicht vergessen: Senf, Würstchen, Milch und Eier. Oh, und bring vielleicht noch zwei Bier mit. Als Willkommensgeschenk. Oder besser vier Bier. Das reimt sich.« Boris schmunzelt.

Gefühlte zwanzig Minuten später ist das Dolby-Surround-Meditations-Chill-out-Erlebnis vorbei. Nur noch vereinzelte Regentropfen plätschern in unregelmäßigen Abständen in eine Pfütze, was mich auf eine letzte Frage bringt: »Könnte ich mir noch das Bad anschauen?«

»Zweite Tür rechts«, sagt Boris. »Und falls du auf eine Frau treffen solltest, nenn sie Kathrin.«

»Und wenn sie nackt ist?«

»Dann nenn sie auch Kathrin. Das hat nichts mit ihrer Kleidung zu tun.«

Ich treffe keine Kathrin. Das beruhigt mich.

Kurze Zeit später befinde ich mich mit einer Einkaufsliste und der Hoffnung auf ein WG-Zimmer wieder auf der Straße. Das Telefon klingelt. Das beunruhigt mich. Es ist Boris.

»Sag mal, magst du nicht jetzt einkaufen gehen? Das spart Porto.«

»Habe ich dann das Zimmer?«

»Kannst du putzen?«

Schon wieder so eine Fangfrage.

»Nein.«

»Ich auch nicht. Ich denke, wir passen zusammen.«

ÖKONOMISCH
KOMISCH

»Wir müssen den Kapitalismus bekämpfen!«, schreit Boris, schlägt mit der Faust auf unseren Küchentisch und nimmt einen Schluck aus seiner Coke-Zero-Flasche.

Auf seinem T-Shirt ist der Slogan »Scheiß Staat« abgedruckt, wobei dieser durch Abnutzungserscheinungen völlig verblasst ist, sodass man aus der Ferne lediglich »Sch S aat« erkennen kann. Das nenne ich mal ein politisches Statement. Aus seiner Bose-Dolby-Surround-Anlage dröhnt Turbostaat, was seine Ansprache auf beeindruckende Art und Weise unterstreicht.

»Diese Box«, sagt er und hält unsere WG-Kasse mit der rechten Hand in die Höhe, »ist leer!« Er verdeutlicht dies, indem er die Tupperdose umdreht und mich darauf hinweist, dass hier jetzt eigentlich ein paar Scheine und Münzen herausfallen müssten, dies aber nicht der Fall sei. Ich bin begeistert. Sehr viel besser hätte Frau Merkel die Lage der Bundesfinanzen auch nicht darstellen können. Es ist Monatsende, genauer gesagt der 26., wir sind pleite und ich habe ein Déjà-vu.

»26. auf Seite 26, 2+6, Quersumme 8, achter Buchstabe im Alphabet, Monatsende ist ein Nazi«, sagt Boris. Seit er Galileo Mystery online auf seinem Macbook Air schauen kann, steht er auf Verschwörungstheorien. Wann immer er schlechte Hausarbeiten abgibt, verweist er auf den Einfluss der Illuminaten an deutschen Hochschulen.

Monatsende ist für Boris immer so ein bisschen wie die Eiersuche an Ostern. Am Ersten eines jeden Monats versteckt er Scheine in den hintersten Ecken der WG, die er dann am 26. »rein zufällig« beim Putzen wiederfinden muss. Blöd nur, dass seine Verstecke in den meisten Fällen so gut gewählt sind, dass er niemals auch nur einen seiner Scheine wiedergefunden hat. Man munkelt, dass unsere WG in Geocaching-Kreisen bereits als geheime Schatzkammer des heiligen Grals markiert ist. Nur die Freimaurer haben davon noch nichts mitbekommen, weil sie Hausarbeiten kontrollieren.

»Die Zeiten sind schlecht«, fährt Boris fort. »Billige Lebensmittel stehen in Supermärkten immer ganz unten, durch die ständigen Bückvorgänge bekommst du Rücken, aber mal so richtig Rücken, und dann musst du zum Arzt und der hat 'nen Hals, also 'nen richtigen Hals, weil das Budget ausgeschöpft ist und er tagtäglich mit dem Morbiditätsrisiko konfrontiert ist. Die Rentner kommen ja heute nicht mehr nur mit einer, nein, sondern gleich mit mehreren Beschwerden zum Arzt, und dann wollen sie reden, die treffen sich ja mittlerweile zum Kaffeeklatsch im Wartezimmer, früh morgens um sieben Uhr, sieben Uhr ist ja bekanntlich die allerbeste Zeit, um gesund zu werden. Und dann der Rösler, der Rööösler, der FDP-Quoten-Asiate, also den Namen darf man ja beim Arzt nicht erwähnen, bloß nicht, um Gottes Willen, da flippen die aus, die Ärzte, es soll ja schon Kinder geben, die kein Klingelmännchen spielen, sondern sich vor Gemeinschaftspraxen stellen und ›Rösler, Rösler‹ skandieren, weil es so lustig ist, wenn die Fachärzte austicken. Verrückte Zeiten, sag ich dir, verrückte Zeiten, ja, und wenn dann das Budget ausgeschöpft ist, dann musst du halt bis nächstes Quartal warten und so lange die Lebensmittel aus den mittleren Regalen nehmen, da ist aber nur Weichkäse, weil der Gouda ganz unten liegt und das geht aufs Geld und aufn Rücken, kann ich dir sagen, wenn's keinen Gouda gibt, da werd' ich aber mal so richtig aggro, Weichkäse, wie sich das schon anhört, Weichkäse, das spiegelt ja schon vom Namen her die Gesellschaft wider, wie kann man Begriffe nur so zweckentfremden? Es gibt nur einen Harzer, und der ist würzig und muss reifen. Aber der liegt halt unten und in der Mittelschicht wird's teuer und *schwupps* bist du pleite und auf Hartz-IV. Ein Teufelskreis ist das.«

Boris reduziert seine Luftzufuhr durch geschickte Atemtechnik auf ein Minimum und gestikuliert wie Stoiber, der einem den Sinn oder Unsinn vom Transrapid in München erklären will.

»Aber die Regierung kümmert sich doch um die Menschen«, werfe ich in den Raum und weiß, dass ich mich auf sehr dünnem Eis bewege.

Boris' Kopf wird knallrot. »Menschen sind viele und die interessiert doch vieles nicht! Da muss doch mal einer Tacheles reden!« Er schreit aus dem geöffneten Fenster in den Innenhof, sodass sich selbst unser Nachbar mit dem Hörgerät verschreckt duckt und die Hände über den Kopf hält. Männer, die aus Fenstern zum Volk sprechen, machen ihm immer noch Angst. Ich kann mich noch an den Tag erinnern, als Kyrill übers Land wütete und sich unser Nachbar, aus Angst vor einer erneuten Verdunkelungsaktion, drei Tage im Keller einschloss.

Es sind nicht die Argumente meines Mitbewohners, die mich zum Schmunzeln bringen, sondern die Art und Weise, wie er sich aufregt. Das fand ich schon bei meiner Exfreundin immer so süß, wenn sie sich aufgeregt hat, aber das konnte ich ja nie sagen, weil es ihren Zustand nur noch verstärkt hätte. Also schweige ich auch diesmal.

Boris schnappt sich sein iPhone und twittert die wichtigsten Erkenntnisse der letzten Minuten. Total wichtig heutzutage, jeder gute Antikapitalist muss sein eigenes iPhone haben und Erkenntnisse twittern. Währenddessen gönnt er sich einen Fairtrade-Kaffee aus seiner in Bangladesch von freilaufenden Kindern hergestellten Pad-Maschine. Konsequent war mein Mitbewohner noch nie.

Erst jetzt scheint er zu merken, dass er die ganze Zeit auf einem Stuhl steht, und fängt an bis über beide Ohren zu strahlen, als er auf dem Küchenschrank unter einer zwei Zentimeter dicken Staubschicht einen seiner gut versteckten Scheine wiederentdeckt. Wir grinsen uns an. Wer putzt schon auf Küchenschränken, das ist Quatsch.

Zur Feier des Tages gönnen wir uns nun doch eine Pizza, den Kapitalismus kann man schließlich auch morgen noch bekämpfen. Aus der Anlage dröhnt immer noch Turbostaat: »Den ganzen Tag wird durchgeschrien! Wir haben genug gehört! Oder gesehen!«

AKT 1: GEBURT

Manchmal fängt alles mit einem harmlosen »Ich pass' schon auf, hehe!« und Wimperklimpern an und endet mit einem »Upsi!«

Dieses »Upsi!« war in einem ganz speziellen Fall 5.284 Gramm schwer, lag quer und war: ich.

Die Szene: Ein Kreißsaal, ein alter Mann in weißem Kittel, ein hilfloser Vater und eine esoterisch anmutende, kinderlose Geburtshelferin, die mit ruhiger Stimme auf die werdende Mutter einredete: »Janz ruisch atmen, wie wir et jeübt ham, nich?«

Sie klang dabei wie eine dieser schlecht rasierten esoterischen Tanten, die einem im Fernsehen die Karten legen und immer *janz tief in die Flasche gucken* müssen, um die Zukunft zu sehen.

Für einen kurzen Moment hatte sich die Hebamme ein Stück zu weit nach vorne gebeugt, wie ihr schmerzlich bewusst wurde, als ihr meine Mutter – aus Reflex – ins Gesicht schlug. Mein Vater lief dabei wie ein 18-jähriger Junge, der zum ersten Mal die Pornoabteilung einer Videothek betritt, im Zimmer auf und ab und sprach mit sich selbst: »Ich pass' schon auf … upsi! *Janz toll!*«

Während die Sonne am Horizont unterging und den Kreißsaal in einen rötlichen Schimmer tauchte, entschloss ich mich dazu, das Licht der Welt zu erblicken. Getreu dem Motto »Dicke Kinder brauchen die Großshowbühne« schlüpfte ich elegant heraus, prüfte die Umwelt und begrüßte die Anwesenden mit einem würdevollen »Servus!«

Stille.

Mein Vater brach als Erster das Schweigen: »Das war ich nicht. Ich schwör!«

»Dat isser also, der Martin. Isset nisch ene kleine Dickerschen?«

Während mich die Hebamme freudestrahlend in den Händen hielt, kotzte ich ihr – aus Reflex – auf den Strickpulli. »Upsi!« Pazifisten wehren sich nicht.

Aber sie hatte Recht. Ich war dick. Ich war so dick, dass keiner der Ärzte mein Geschlecht feststellen konnte, sodass ich in den ersten Monaten einen männlichen und einen weiblichen Rufnamen bekam, auf die ich beide heute noch reagiere.

Ich boykottierte Hipp-Produkte, weil mich das grinsende Hipp-Gesicht aggressiv machte und ich pures Fleisch brauchte. Mettwurst konnte man schließlich auch pürieren. Und ich frage mich bis heute, welcher Vollidiot Verkäuferinnen an Wursttheken erzählt hat, dass Kinder Mortadella mit Gesicht toll finden. Ich habe mich damals eine geschlagene Viertelstunde in aller Öffentlichkeit mit einem Stück Wurst unterhalten.

FRÜHLINGS-GEFÜHLE

»Die ist ja schon sehr hübsch«, denke ich mir, als ich die schon sehr hübsche Frau im Park liegen sehe. Mein Körper bestätigt diesen Gedanken und es freut mich, dass sich mein Körper und meine Gedanken freuen, da es nicht so häufig vorkommt, dass beide auf so beeindruckende Art und Weise im Einklang miteinander arbeiten. Jetzt oder nie, denke ich mir, greife tief in die Flotte-Sprüche-Tasche und spreche sie an.

»Heiß heut, was?«

Ich bin unglaublich kreativ, wenn es um Smalltalk geht. Die Chancen, einen sinnvollen Satz zu sagen, stehen jedes Mal 50:50, aber machen wir uns nichts vor, Frühlingsgefühle sind nicht gerade förderlich für eine sinnvolle Konversation. Viel schlimmer als die bekloppte Frage ist nur mein Lachen. Eine Mischung aus *völlig unsicher* und *per-*

*verser Typ, der unbekannte Menschen in Parks an-
spricht.* Selbst wenn ich etwas Kluges gesagt hätte,
dieses Kichern neutralisiert alles. Schuld sind die
Hormone, da bin ich mir sicher. Die dämlichen
Hormone, die geschickt sämtliche Gehirnhälften
ausschalten und nur die doofen Zellen arbeiten
lassen. Da braucht man mit mir auch gar nicht
diskutieren: es gibt doofe Zellen.

»Stimmt«, antwortet die schon sehr hübsche
Frau und schaut nach oben. »Seine Wärme ist allgegenwärtig.« Ich folge ihrem Blick, aber außer
ein paar Amseln, die sich angeregt im Baum unterhalten, kann ich niemanden ausfindig machen.

»Und? Was geht?«, setze ich meinen Bescheuer-
te-Fragen-Lauf fort. Was geht wohl an einem son-
nigen Sonntagvormittag bei 35 Grad Schattentem-
peratur im Park?

»Ich beobachte Pflanzen«, antwortet sie.

Wow. Pflanzen. Eine richtige Draufgängerin.

»Hey, cool. Pflanzen. Ich … auch!«

»Ach, echt?«

»Ja, klar. Pflanzen. Büsche, Bäume, Gräser. Ich
könnte hier stundenlang sitzen und den Blüm-
chen beim Wachsen zusehen. Ganz der Naturbursche eben!«

Da sind sie wieder. Die doofen Zellen. Der Zie-
genpeter war ein Naturbursche. Ich heiße Martin

und nicht Mogli, wie konnte ich nur so etwas sagen?

»Ich liebe die Natur«, fährt sie fort. »Schau dich nur mal um. Dies alles ist ein Geschenk, von Gott gegeben –«

»Nein«, unterbreche ich sie, »von den Bürgern der Stadt. Das steht doch ganz klar und deutlich auf dem Eingangsschild zum Park geschrieben: ›Erbaut von den Bürgern der Stadt.‹«

»Du verstehst mich falsch. Gott ist das Licht der Welt!« Na, gut dass ich mich heute morgen eingecremt habe.

»Hast du Lust, eine Runde spazieren zu gehen?«, fragt sie.

Ich hasse Spazierengehen. Jedenfalls Spazierengehen bei 35 Grad im Schatten. Und überhaupt, wie inkonsequent unchristlich, denke ich mir. Heute ist Sonntag, da muss man ruhen. Diesmal bleibe ich standhaft, aber sowas von standhaft:

»Klar, gerne. Lass uns gehen und lustige Wanderlieder singen!«

Irgendwann bleibt sie vor einem Gebüsch stehen und betrachtet es mit einer solchen Faszination, dass ich im ersten Moment nicht weiß, ob ihre Aufmerksamkeit tatsächlich dem Gestrüpp gilt, oder ob sie vielleicht etwas Wertvolles darin verloren hat.

»Na? Brennenden Busch gefunden?«, scherze ich, aber irgendwie kommen meine Kommentare nicht an. Aus sicherer Distanz deute ich an, dass man ja hier auch mal Unkraut jäten könne, man könne ja gar nichts mehr wiederfinden. Was sie total empört, das sei kein Unkraut, sondern ein chinesischer Farn, der in dieser Vegetationszone äußerst selten vorkomme.

»Immer diese Buddhisten, was?«, füge ich hinzu. »Sorry, Lama-Witz.«

»Der trägt seine Samen unten«, erklärt sie mir.

Na, klasse! Ich vielleicht auch? Aber wenn ein Farn ihr mehr Freude bereitet, nur zu, ich schaue auch weg. Männer sind einfach die besseren Zicken.

Gerade als ich mir sicher bin, dass das hier bestimmt nicht mehr lustig wird, schießt ihr ein kleiner Junge seinen Fußball an den Kopf. Da müssen wir beide lachen, also, er und ich. Sie hingegen findet das irgendwie gar nicht so witzig.

Ich schnappe mir den Ball, schieße ihn auf die angrenzende Hauptstraße und schicke den Jungen fort mit den Worten »Geh und üb ausweichen!« Da müssen wir beide lachen, also, sie und ich.

Der Junge fängt an zu weinen und holt seinen Vater, der der Bezeichnung »Naturbursche« im Gegensatz zu mir wirklich alle Ehre macht. Gefühlte zweieinhalb Meter groß, braungebrannt und zotteliges Haar – »Er lebt!«, entfährt es mir.

Ob es hier ein Problem gebe, will er von uns wissen.

»Jap, chinesische Farne«, antworte ich und ernte Unverständnis. Da er nicht aussieht, als hätte er Kommunikationswissenschaften studiert, sondern vielmehr wie jemand, der morgens von Slayer geweckt wird, füge ich noch schnell hinzu: »Gottes Liebe ist allgegenwärtig? Eventuell?«

Als er ausholt und mir in den Magen schlägt, weiß ich, dass er anderer Meinung ist. Das war jetzt aber nicht so hübsch, denke ich mir, als ich neben dem gar nicht hübschen Farn am Boden liege. Mein Körper bestätigte diesen Gedanken. Immerhin.

»Du kannst es immer noch nicht!« Ines lacht laut. Ich halte mir den Bauch. Warum ich mich jedes Mal auf ihre Ideen einlasse, weiß ich auch nicht. Meine Freundin ist der Meinung, dass Rollenspiele belebend sind für eine Beziehung. Man entdeckt sich jedes Mal aufs Neue.

»Du hasst doch eigentlich Farne!«, sage ich.

»Stimmt«, erwidert sie. »Mein süßer Naturbursche.«

Dann müssen wir beide lachen.

Also, sie und ich.

AKT 2: EINSCHULUNG

Blitzlichtgewitter auf dem Schulhof. »Lächle doch mal in die Kamera, nur mal kurz!« Momentaufnahmen, eingerahmt und festgehalten für die Nachwelt, damit auch jeder sehen kann, wie scheiße du damals ausgesehen hast, in deiner blauen Cord-Latzhose und dem roten Wollpulli mit dem eingestickten Bärchen.

»Ach, der ist ja süß, nein, wie süß, und diese Löckchen, ein kleiner Mozart, hahahaha. Ist das Ihrer?« Und dann wurdest du begrapscht. Unzählige schwitzige Hände, meistens fremde, und du dachtest immer nur: »Och nee.« Und einen Tag später wurdest du dann beim Klavierunterricht angemeldet. Ja danke auch, Mozart. Arschloch. Klavierunterricht. War natürlich der Burner im Freundeskreis.

Aber das war noch nicht alles:

»Hey Martin, heute Freibad?«

»Nee sorry, hab Voltigieren.«

Voltigieren! Mein Vater nahm damals jede meiner »Bewegungen« mit der Kamera auf. Wenn es damals schon YouTube gegeben hätte, wäre ich heute Medienstar und hätte bei Stefan Raab einen eigenen Button. Mobbing ist falsch, keine Frage, aber wie oft bieten denn Kinder auch diese Angriffsfläche?

Und während alle die coolsten Schultüten von Batman oder den Turtles hatten, kam meine von unserer bastelfreudigen Nachbarin, deren ganze Kreativität, die sich über Jahre hinweg aufgestaut hatte, sich in einer rosa Schultüte mit Gänseblümchen entlud.

Und dann diese Klamotten! Nee, der Junge braucht nichts Neues. »Wir haben noch so viele Klamotten von deinem Cousin und deiner Cousine, die sind doch schick. Da werden dich die anderen aber bestimmt beneiden!« Aber ganz bestimmt. Die waren ja sowas von zeitlos.

»Wieso meldet ihr mich nicht gleich noch beim Ballett an? Meine Cousine hat doch bestimmt noch irgendwo ein rosa Tutu im Schrank hängen!«

Das hätte ich besser nicht gesagt. Ich sah aus wie ein Stück Wurst im Eigendarm, aber immerhin konnte ich mich musikalisch selbst begleiten.

Beziehungen verändern Menschen. Das muss nicht unbedingt etwas Schlimmes bedeuten, kann es aber. Manche werden in Beziehungen glücklich, manche dick. Andere wiederum werden doof, oder alles zusammen. Glückliche Menschen sind meist anstrengend, da spielt der Beziehungsstatus keine Rolle, bei meinem Mitbewohner hingegen schon. Er ist glücklich, weil er eine neue Freundin hat, und – machen wir uns nichts vor – auch irgendwie doof. Schuld an einem oder beidem ist Kathrin, seine neue Freundin. Kathrin ist auch irgendwie doof, daher habe ich der Beziehung am Anfang nicht viel Zeit gegeben. Weil sich ja meistens Gegensätze anziehen, sagt man, in dem Fall aber eben auch Gemeinsamkeiten. Und zwei glückliche doofe Menschen in einer Beziehung sollte man wirklich nicht unterschätzen.

Ich werde in Beziehungen dick, und das war schon immer so. Das ist natürlich auch doof, aber noch lange nicht so doof wie doof doof. Meine jeweilige Freundin war immer erst glücklich und dann ein bisschen unglücklich. Was natürlich auch doof ist, aber eben schon mal passiert.

Beziehungen verändern Menschen, und manchmal verändern auch Beziehungspartner Menschen. Meine Exfreundinnen wollten zum Beispiel immer, dass ich abnehme, worauf ich immer vorschlug, dass sie ja etwas an ihrem Verhalten verändern könnten, ich wurde ja schließlich nicht grundlos dick.

Man kann natürlich auch alleine dick werden, aber das macht nur halb soviel Spaß. In Beziehungen teilt man eben gerne. Auch Gewicht. Man muss ja auch niemandem mehr gefallen, außer der Partnerin eben, aber die liebt einen ja schließlich wegen des Charakters. Sagt sie und sollte sie auch. Manche verlieben sich jedoch in einen Charakter, weil sie es lieben, den Charakter so zu verändern, dass sie ihn noch mehr lieben. Und dann verändern sie den Anderen so lange, bis der Andere eigentlich gar nicht mehr der Andere ist. Und weil dann der Andere jemand anderes ist, verliebt man sich in jemand ganz anderen. Und dann dreht man sich im Kreis, und sich im Kreis zu drehen ist, wie im Viereck zu springen, nur wird einem schneller schwindelig. Daher scheitern Beziehungen schon mal. Aber dann nimmt man wieder ab. So ganz ohne Sport. Obwohl Sport natürlich schon wichtig ist. Aber es sind auch schon Menschen beim Sport gestorben, von den Gefahren für die Umwelt wegen übermäßigen CO_2-Ausstoßes mal ganz abgesehen.

Viele Menschen sterben aber auch, weil sie doof sind. In den USA starb mal jemand, der den Tempomat an seinem Wohnwagen eingeschaltet hat, um dann nach hinten zu gehen, um sich einen Kaffee zu kochen. Ganz schön ungeschickt, aber Amerikaner sind ja auch oftmals ungeschickt. Manchmal auch dick.

Doofe Menschen waren mal doofe Spermien. Es gibt auch dicke Spermien, aber die haben im Gegensatz zu doofen Spermien Evolutionsvorteil: An dicken Spermien kommt niemand vorbei und die, die es versuchen, werden aufgegessen. Bei doofen Spermien läuft das anders ab, die haben keinen Evolutionsvorteil, sondern einfach nur pures Glück. Da sagen sich die intelligenten Spermien kurz vor der Befruchtung: »Och, nee, heute mal nicht, viel zu kalt draußen, lass den Deppen mal durch.«

George Bush Junior beispielsweise war ja, der öffentlichen Meinung nach, auch ziemlich doof.

Aber er war Präsident. Und genau da liegt das Problem. Doofe Menschen bringen es oftmals weiter als intelligente, »lass den Deppen mal durch.« Deswegen ergeben diese ganzen IQ-Tests und Fragen bei Bewerbungsverfahren auch überhaupt keinen Sinn, weil ja statistisch gesehen diejenigen, die dümmer sind, im Leben viel mehr erreichen, nur das verstehen heute noch die Wenigsten, aber, und da bin ich mir ganz sicher, die Wende wird kommen. Deswegen liegt meine Abiturnote auch im Dreierbereich. So bin ich immer flexibel.

Aber zurück zu Boris und Kathrin. Boris und Kathrin sind, wie gesagt, doof und glücklich. Was ja an sich nichts Schlimmes ist, aber doofe glückliche Menschen haben oftmals das Bedürfnis, ihr Glück mit allen anderen teilen zu müssen. Das tun intelligente glückliche Menschen auch, die sind dabei aber lange nicht so penetrant. Boris und Kathrin sind wie zwei Glücksbärchis, die sich ständig gegenseitig auf den Bauch drücken, und dann ist die ganze WG voll mit bunten Blumen, Herzen und Regenbögen. In ihrer Beziehungen haben sie Individualität und persönliche Entfaltung gänzlich ausgeschaltet und durch ein *Wir*-Gefühl ersetzt.

Wir sind jetzt doof und glücklich, *Wir* fühlen uns trotzdem super, denn *Wir* sind Papst und Lena und *Du* bist Deutschland, da kannst *Du* dir aber auch nichts von kaufen. *Wir* sind jetzt total happy, rosarote Brille und Schmetterlinge und so, aber trotzdem noch doof. *Wir* tragen jetzt so dämliche Ketten mit Herzhälften und *Wir* feiern unser Wir-sind-jetzt-schon-eine-Woche-zusammen-und-immer-noch-total-glücklich-Jubiläum und *Ich* Depp lasse mich auch noch davon anstecken. Denn *Ich* bin jetzt seit genau drei Jahren, zwei Monaten, sechs Stunden und 32 … nein, 33 Minuten mit meiner Freundin zusammen. Muss *Ich* gleich mal allen mitteilen. *Ich* trage mittlerweile einen hässlichen Freundschaftsring von Bijou Brigitte und *Ich* schlafe auf einem unbequemen Kissen, dessen Oberfläche das aufgedruckte Bild meiner Freundin ziert. *Ich* mutiere jetzt zum Moralapostel, *Ich* lese nun Fachbücher über Liebe und Beziehungen (zwischen Menschen und Vampiren), *Ich* kenne mittlerweile alle Charaktere und Handlungsstränge von Sex and the City auswendig und *Ich* kann jetzt Mittwochs nicht mehr, weil Ich keine Folge von Grey's Anatomy verpassen darf. *Ich* bin nun auch doof. Aber irgendwie trotzdem scheiß glücklich.

AKT 3: BUNDESJUGENDSPIELE

Bei den Bundesjugendspielen räumte ich konsequent alle Teilnehmerurkunden ab, auf die ich damals so unglaublich stolz war. Obwohl sie jeder bekommen hatte, einfach nur fürs Anwesendsein.

»Der Junge hat sich immer bemüht, ist aber leider zu fett!«, sagte mein Sportlehrer.

»Aber dafür kann er Klavierspielen, der kleine Mozart! Kann ja auch nicht jeder!«

Leider waren Klavierspieler (damals jedenfalls) nicht unbedingt angesagt bei den Frauen. Nur auf den elitären Fankreis der Käffchen-Connection meiner Oma konnte ich immer zählen. Meine Groupies waren jenseits der 70, gehörlos, aber immerhin … da. Noch.

Trotzdem habe ich es nie erlebt, dass auch nur eine meiner Mitschülerinnen bei meinen Konzerten in der ersten Reihe stand und mir zujubelte.

»Ach, Martin, wer braucht schon einen durch-trainierten Drittklässler, wenn man auch dich haben kann? Wie filigran du *(Subtext: mit deinen wurstigen Fingern)* über die Tasten wanderst. Zum Dahinschmelzen!«

So ein Unsinn. Ich war so dick, dass alle auf dem Schulhof ihre Pausenbrote versteckten, wenn ich um die Ecke kam, und wann immer ich eine Frage richtig beantwortet hatte, bekam ich von meinem Lehrer ein Leckerli zugeworfen. An Kindergeburtstagen bin ich beim Topfschlagen immer gleich in die Küche gelaufen, die fand ich blind. Ich robbte doch nicht am Boden, um einen Topf zu suchen, wo nicht mal was Essbares drin war. Am schönsten war es immer beim Sportunterricht, wenn wir in der Stunde zuvor Kunst hatten, die Wasserfarbe an Händen und im Gesicht einer Kriegsbemalung glich und Häuptling »Wuchtige Brumme« auf die Angreifer zurollte.

Als ich zum wiederholten Male meine Mitschüler morgens mit einem Knicks begrüßt hatte, meldete mich mein Vater dann doch beim Ballett ab. Das Fußballspielen gab ich ebenso auf und komponierte stattdessen Schlachtrufe: »Let's go! 4c! Let's go!« Das machte mich nicht unbedingt beliebter, aber es war bei weitem sicherer.

AM HEILIGEN ABEND

»Ja, du bist ja ein Hübscher! Ja, komm mal her, und wie groß du geworden bist!« Unzählige schrumpelige Hände berühren mein Gesicht und kneifen in meine Wange. »Ich kannte dich noch als du sooo klein warst, erinnerst du dich noch? Erinnerst du dich noch?«

Natürlich kann ich mich nicht erinnern, aber damit liege ich ja voll im Trend. Viele Menschen können sich irgendwann einfach nicht mehr erinnern, Helmut Kohl, Christoph Daum, katholische Heimleiter, …

»Hach, du kommst so nach deinem Oppa, braun gebrannt ganz wie der Oppa, als er nach so vielen Jahren endlich aus der Gefangenschaft in Italien nach Hause kam.«

»Da sind wir immer in der Adria schwimmen gewesen!«, fügt Oppa hinzu. Da waren 20 Jahre Gefangenschaft im Elternhaus aber schlimmer, denke ich mir. Loser. Aber ich schweige.

»Ich hab dir mal das Spurenlesen im Wald beigebracht, weißt du das noch? Weißt du das noch?«

»Weiß ich noch, Oppa, weiß ich noch! Ich kann das auch immer noch gut gebrauchen, wenn ich morgens die WG verlasse, um unser Essen zu jagen.«

»WG?«

»So was wie Stube, Oppa, nur dass wir nicht um fünf Uhr zum Frühsport der Hitlerjugend müssen.«

»Wir hatten doch damals nichts!«

»Ich hab auch nichts, Oppa, hat sich also nicht wirklich viel verändert.«

»Und um fünf müsst ihr aufstehen?«

»Nein, Oppa! Heimkommen, heimkommen.«

»Ja ja, zu Hause ist es doch immer noch am schönsten.«

Und wie, kann mich kaum halten vor Freude, Familienfeste sind so unglaublich spannend. Ich sollte mir auch mal Hobbys zulegen, wie meine Geschwister, die immer die passenden Ausreden zur richtigen Zeit haben. Mit »Lernen« kann ich es nicht mehr versuchen, »Lernen« ist als Ausrede bereits zu sehr ausgereizt, das glaubt mir niemand mehr. Nein, ich habe kein Hobby, jedenfalls keines, das man am Wochenende ausleben kann. Zumindest nicht tagsüber.

»Oppa«, setzt Omma fort, »nun gib dem Jungen doch mal etwas Geld, es ist doch bald Kirmes!« Oppa greift in die Tasche und überreicht mir höchst feierlich: Zwei D-Mark. Ganze zwei D-Mark, ungefähr ein Euro, eher weniger, also ein halbes Bier vielleicht, einmal Autoscooter ein- und gleich wieder aussteigen, beim fliegenden Teppich eine halbe Umdrehung, mit Rücksicht auf die Eltern vielleicht eine ganze, praktischer fürs Aussteigen. In jedem Fall klingen zwei D-Mark nach unglaublich viel Spaß.

»Und du arbeitest jetzt in Marburg?«

»Ich studiere, Oppa, das ist … irgendwie was ganz anderes.«

Es folgt eine kurze Abhandlung darüber, dass er ja schon mit siebzehn im Versorgungsbataillon der Wehr gewesen wäre, woraufhin ich zugebe, dass ich mich auch immer ganz hinten verstecke, mit der Ausnahme, dass es bei mir nicht der Graben, sondern der Hörsaal ist. Aber Brennpunkt ist Brennpunkt.

Später werden die Gesellschaftsspiele ausgepackt. Die Stimmung erreicht den Siedepunkt, als Oppa auf die Frage, welche Zeitung denn den alljährlichen deutschen Fernsehpreis verleiht, mit voller Überzeugung antwortet: »Der Stürmer!«

Zur allgemeinen Auflockerung der peinlichen Stille meldet sich dann mein Onkel zu Wort: »Was wir brauchen, ist nochmal so eine Baader-Meinhof-Bande, so eine richtige Baader-Meinhof-Bande, die in Deutschland aber mal so richtig aufräumt!«

Gott sei Dank klingelt mein Handy.

»Hast du auch so ein Funkgerät, Junge?«

»Das ist doch kein Funkgerät, wir haben früher noch so richtig gefunkt. Ich zeig dir mal, was so ein richtiges Funkgerät ist!« Oppa greift in sein Sakko und bringt das vermutlich erste überhaupt am Markt erhältliche Handy zum Vorschein.

»Das hat 'ne schöne große Tastatur, 'ne schöne große Tastatur hat das!«

Oppa liebt sein Handy, wobei ich der Meinung bin, dass dieser Totschläger den Begriff »Handy« in keinster Weise verdient hat. Aber er ist glücklich, wenn man es bewundert.

»Bist du eigentlich mittlerweile verheiratet?« Omma schaltete sich wieder ins Gespräch ein.

»Nein, bin ich nicht.«

»Und wer macht dir dann die Wäsche?«

»Meine Putzfrau, Omma! Was denkst du denn?«

»Du hast 'ne Putzfrau?«

Ich falle von einer Ohnmacht in die nächste.

»Na klar, Omma! Welcher Student hat keine Putzfrau? Irgendwie müssen die Semestergebühren doch versenkt werden.«

»Die ganze Munition haben sie im Bodensee versenkt! Die ganze Munition!«

»Oh toll, Oppa, bist du da auch schwimmen gewesen?«

Oppa schweigt.

»Und was machst du in deiner Freizeit?«, setzt Omma nach.

»Einiges, Omma! Letzte Woche bin ich einer internationalen Terrororganisation beigetreten.«

»Zum Englischlernen?«

Ich falle von der nächsten Ohnmacht in die übernächste.

»Ach, ich finde das toll, Junge, soziales Engagement ist so unglaublich wichtig heutzutage. Und welche Ziele verfolgt ihr so?«

»Heiliger Krieg, Omma, heiliger Krieg.«

»Es ist so schön zu sehen, dass ihr jungen Leute heute noch euren Weg zum Glauben findet.«

Ich überlege, ob ich von genau diesem Glauben abfallen soll, als Oppa sich wieder einschaltet.

»Ich war auch im Krieg!«, protestiert er.

»Oppa, du warst in der Adria schwimmen! Wenn, dann war das lediglich ein kriegsähnlicher Zustand.«

»Sagt wer?«

»Na, unsere Kanzlerin.«

»Die kommt doch von drüben, von drüben kommt die doch! Dem Honecker habt ihr doch auch nicht jeden Scheiß geglaubt!«

»Oppa, erstens gibt es heute kein ›ihr und wir‹ mehr. Und zweitens, wieso überhaupt ›ihr‹? Ich komme doch gar nicht aus den neuen Bundesländern!«

»Aber du studierst in Marburg, Kommunisten seid ihr, alles Kommunisten!« Er ist inzwischen aufgestanden, hebt nun seinen heiligen Holzgehstock in Bambus-Imitation in die Höhe und schlägt ihn mit voller Wucht auf den Teppichboden. Ich muss lachen, das Ganze sieht aus, wie eine Sequenz aus »Herr der Ringe – die Gefährten«. Untermalt wird alles von einem schrillen Signalton, den sein Hörgerät aussendet.

»Na, Gandalf? Befehl von ganz oben oder ist der Ring in Gefahr?«

Ich habe meinen Spaß, nur meine Mutter schaut böse zu mir herüber. Finde ich unfair, als Kind wird man ja auch ständig verarscht, beschließe jedoch, meine Familie in Zukunft wieder häufiger zu besuchen.

Nach einer Partie Tabu, die sehr schnell vorbei ist, da mein Vater die zu erklärenden Begriffe grundsätzlich mit den Worten umschreibt, die ebenfalls auf den Karten stehen, wird das Essen serviert und ein erfolgreicher Familientag neigt sich langsam dem Ende entgegen.

HOW I MET MY MOTHER

Dass Kleinkinder eine besonders kostengünstige Alternative zu Staubsaugerrobotern und Multifunktionsswiffern darstellen, wurde meiner Mutter bewusst, als ich kurz nach der Geburt im Wickelzimmer eine auf dem Boden fein säuberlich gelegte Line Babypuder wegschniefte. Ich kann mich noch an meinen ersten Strampler erinnern. Meine Mutter hatte Schwämme und Putzlumpen an die Arme und Beine genäht und ich kroch stundenlang durch die Wohnung und saugte sämtlichen Schmutz auf. Bereits nach relativ kurzer Zeit hatte sich in und an meinem Körper ein Fundus an verlorengegangenen Gegenständen angesammelt, was den alltäglichen Gang aufs Töpfchen immer zu einem »Bet and win«-Familienhappening machte. Das ging so weit, dass sich mein Vater nicht mehr mit seinen Kumpels zum

Pokern traf, sondern Wetten darauf abgeschlossen wurden, welcher Gegenstand wohl als nächstes aus den endlosen Tiefen meines Darms in die große, weite Welt geschickt würde.

Jeden Morgen wurde ich mit einer Teleskopbürste aus dem Stall geschubst, in einen Eimer mit Seifenlauge getunkt und dann ins Abenteuer geschickt. Da bekam der Spitzname »Propper«, den ich eigentlich aus ganz anderen Gründen bekam, einen ganz neuen Beigeschmack. Mein erstes Wort war nicht »Mama« oder »Papa«, sondern »Mopp«. Zäune oder Barrieren gab es bei uns nicht, meine Eltern waren der festen Überzeugung, dass man in einer globalisierten Welt seinen Kindern freien Zugang zu sämtlichen Wohnräumen ermöglichen musste, in denen das Mysterium Ha-Ra-Wischer scheiterte. Selbst das unter Kindern sehr beliebte Propellerspiel, bei dem der Erziehungsberechtigte sein fleischgewordenes Erbgut bis zur Besinnungslosigkeit durch die Luft schleuderte, diente in meinem Fall der Beseitigung von Spinnweben.

Zu meinem ersten Geburtstag bekam ich von meiner Oma einen selbstgestrickten Strampler aus antistatischen Textilien geschenkt. Das hob mich modisch von den anderen Kindern in der Krabbelgruppe ab und hatte den Vorteil, dass meine Eltern im Winter keinen Kostenaufwand für Kleidung hatten, da die Staubflusendichte ein wärmendes Polster für das Wolfskind darstellte.

Hätte man mich damals, wie Mogli, in einem Körbchen im Dschungel ausgesetzt, ich würde heute Simba durch die Fauna schubsen.

Selbst im Schlaf wurde mein unbändiger Bewegungsdrang ausgenutzt. Vor dem Schlafengehen bekam ich von meiner Mutter einen Schrubber auf den Rücken geschnallt, den Körper mit Fairy Ultra eingerieben und wurde zum Schlafen auf den Boden gelegt. Mit der Folge, dass ich morgens in einem undurchdringbaren Schaumbad aufwachte und wie ein Glücksbärchi bunte Seifenblasen aus sämtlichen Körperöffnungen presste.

Mochte dies für alle Außenstehenden ein ungemein erheiternder Anblick gewesen sein, so fühlte ich mich doch stets unwohl in meiner Haut. Aber immerhin war ich sauber.

Mit voranschreitendem Alter merkten meine Eltern, dass meine doch sehr sorgfältige Arbeitsweise nicht nur für den Hausgebrauch unglaublich dienlich war, sondern auch aus finanzieller Sicht äußerst vorteilhaft schien. So dauerte es nicht lange, bis ich auch bei Freunden, Bekannten und Bekannten von Freunden zum Putzen herumgereicht wurde. Mit steigender Gehirnaktivität schien mein Arbeitspensum stetig anzuwachsen. Kurzum, Intelligenz war nicht so unbedingt meine Stärke. Allerdings konnte man von einem Kind, das sich stundenlang mit einem Abflusssieb beschäftigen konnte, auch nicht viel mehr erwarten.

Meine Frondienste sprachen sich rasch im Dorf herum, bis eines Tages das Jugendamt vor unserer Tür stand, um sich ein Bild von der tatsächlichen Situation zu verschaffen. Im Rahmen meiner Möglichkeiten hatte ich ein zitteriges »HELP« mit der Zunge in den Schmutz geleckt, was mir jedoch nur einen Knuff in die Wange bescherte.

»Ist der süß!«

Der Mitarbeiter hatte die Botschaft eindeutig nicht verstanden, so viel stand fest. Dies lag entweder daran, dass ich in der Aufregung sehr unordentlich gelleckt haben musste, oder, und das war wahrscheinlicher, dass ich der Sprache im Allgemeinen noch nicht mächtig war, erst recht nicht der englischen.

So war es doch nur verständlich, dass ich relativ schnell selbstständig sein und auf eigenen Beinen stehen wollte und musste. Im Gegensatz zu anderen Eltern, die den Moment der ersten Schritte für die Ewigkeit mit Polaroid und VHS aufnahmen und zelebrierten, stürzte es meine Mutter in die erste große depressive Lebensphase. Ich hatte es allen gezeigt, dachte ich. Fuck you, Cillit BANG! Doch der aufrechte Gang brachte mir nicht die gebührende Anerkennung, sondern lediglich Wut, Trauer und »So lange du deine Füße unter unseren Tisch stellst, kann der Dicke nicht putzen!«

Ich stellte fest, dass mich meine Beine nicht, wie geplant, bequemer durchs Leben führten, sondern dass einfach nur der Putzvorgang schneller ging.

Morgens besuchte ich die Kita, abends putzte ich, um meine Familie zu ernähren.

Irgendwann stellte ich fest, dass Menschen mit zunehmendem Alter abstumpfen und wieder zu Kindern werden. Nicht selten hatte dies zur Folge, dass Pflegebedürftige ins betreute Wohnen oder gleich ins Heim geschickt wurden. Das fand ich unfair, da ältere Menschen schließlich noch so viel schenken konnten. Ich für meinen Teil beschloss, meine Eltern später bei mir aufzunehmen, schließlich endet die Liebe nicht mit der Rente. Und der Haushalt schon gar nicht.

GERDA

In meinem Zimmer sitzt eine mir völlig unbekannte Frau mittleren Alters mit schulterlangen, rötlichen Haaren und sonnenbankgeschädigtem Gesicht. Wie in einem dieser schlechten französischen Erotikfilme auf VOX nippt sie an ihrem Weinglas, von dem es mich wundert, dass unsere WG es überhaupt hergegeben hat. Unser gesamter Hausstand ist eine liebevolle, über Jahre angesammelte Kollektion der Marke »Mensa« und ich kann mich beim besten Willen nicht daran erinnern, dass es in der Mensa Weingläser gibt.

Die Frau schweigt und starrt mich an, als will sie mir mitteilen, dass ich besoffen irgendwie attraktiver ausgesehen hätte. In Gedanken lasse ich die letzten Tage, Wochen und Monate Revue passieren, ohne jedoch ein Indiz für die Existenz dieser Person in meinem Leben zu finden.

Lächeln und winken, denke ich, und schleiche an ihr vorbei in die Küche, wo mein Mitbewohner Tetra-Pak-Wein in eine Karaffe umfüllt.

»Ach, hey«, begrüßt mich Boris lächelnd, »auch mal wieder hier?«

»Da ist eine Frau in meinem Zimmer«, merke ich an.

»Ich weiß«, erwidert Boris, als sei es das Normalste der Welt, dass eine 40-jährige Frau mit Federboa um den Hals in meinem Zimmer sitzt und Tetra-Pak-Wein schlürft. »Das ist Gerda!«

Ach so, Gerda, denke ich, da hätte ich ja gleich drauf kommen können, ich Dummerchen.

»Habe ich über Elitepartner kennengelernt«, ergänzt mein Mitbewohner stolz und hält mir sein iPhone mit offenem Browserfenster ins Gesicht: »Elitepartner – Singles mit Niveau.«

Während ich die Zeilen ein zweites und drittes Mal durchlese, schiebt Boris einen mediterranen Hackfleischauflauf vom Imbiss gegenüber in die Mikrowelle.

Single kauft man ihm sofort ab, aber Niveau? In der ganzen Wohnung stehen Vanilleduftkerzen, sämtliche Lampen sind mit Bastelpapier überklebt und tunken den Raum in einen rötlichen Schimmer.

Eine ältere Frau, die sich im Schein des Fake-

Lichts lasziv auf dem Sofa räkelt, das erinnert eher an Swingerklub als an unsere WG.

Boris erklärt, dass er das Singledasein sowas von satt habe und nun Plan B greife. Mann müsse dort sein, wo die Verzweiflung am größten ist, also Ü-30-Partys, Unix oder eben Singlebörsen im Internet.

»Da kannste alles eingeben, große Brüste, kleine Brüste, Augenfarbe, gut für Drinnen, nichts für Draußen. Sogar die gesellschaftliche Rangordnung und Klasse.« Er habe da mal eine Reportage gesehen, die besagte, dass der perfekte Partner immer in der gleichen gesellschaftlichen Klasse zu finden sei.

»Elite«, frage ich, »du? Wäre nicht ›Langzeitstudent ohne Zukunft sucht Seinesgleichen für Zukunft‹ viel eher was für dich?«

»Wir sind Elite!«, protestiert Boris und meint wahrscheinlich das aktuelle Hochschulranking in der Neon.

Nach einigen Minuten ist der Auflauf wieder warm und Boris verstreut Kräuter auf dem zerfließenden Feta. Das hat er bei der Küchenschlacht gesehen. Seit er TV-Kochshows für sich entdeckt hat, ist er zur Dekoqueen mutiert. Das geht soweit, dass er Äpfel nicht mehr nur schält, sondern zu Sternen ausstanzt und aus Bananen Palmen schnitzt. Ich weiß nicht, ob ich komisch bin, aber Männer, die wissen, was Estragon oder Dill ist, sind mir suspekt. Bis vor kurzem waren die einzigen Begriffe, die in unserem WG-Leben relevant waren, »Nummer 43 mit Mayo« und »Umluft«. Hat's uns geschadet? Nein!

Boris erzählt, dass er sich nun jedenfalls bei Elitepartner angemeldet habe, die machten ja mittlerweile überall Werbung, komme man ja gar nicht dran vorbei heutzutage, und da sei ihm Gerda eben vorgeschlagen worden.

»Wie, vorgeschlagen? Wie muss man sich das denn vorstellen? Wie bei Amazon? ›Kunden, die große Blonde mit den kleinen Brüsten kauften, kauften auch die korpulente rothaarige mit den großen Brüsten‹?«

»Na ja, so ähnlich«, meint Boris, »jedenfalls haben wir uns dann mehrmals zugezwinkert, das geht ja heutzutage per Mausklick, und …«

»… da haben wir den Salat«, sage ich und deute auf die Aldi-Salatmischung in unserem Kühlschrank. Fast anmutig verteilt Dekoqueen Boris die einzelnen Blätter auf dem Teller und verfeinert den Salat mit Fertigdressing.

»Schnäppchen, 1 Euro bei Xenos«, erwähnt Boris stolz und hält den gläsernen Salatteller in die Höhe wie eine Wimbledon-Trophäe.

Als er sich an mir vorbeidrängt, steigt mir ein beißender Geruch in die Nase. »Ist das …?«

»Echt Kölnisch Wasser, genau!«, ergänzt Boris. »Habe in der Apotheken Umschau gelesen, dass die Geruchsnerven von Menschen ab einem gewissen Alter nicht mehr so ausgeprägt sind, da muss man zu härteren Stoffen greifen.«

»›Hart‹ ist gut«, denke ich und spüre, wie mir der Duft ein 4711-Branding in der Nasenschleimhaut verpasst.

Als wir mein Zimmer betreten, liegt Gerda unter meiner Baywatch-Fandecke und schläft.

»Süß«, meint Boris.

Typisch Elite, denke ich und finde es lustig, wie sich Gerdas Kopf an die Brüste von Pamela Anderson schmiegt. Wir öffnen einen neuen Tetra-Pak-Wein und betrinken uns. Direkt aus dem Karton, versteht sich, sonst geht der gute Geschmack flöten, meint Boris.

Doch noch ein schöner Abend geworden, denke ich, während Boris an Gerdas Schultern friedlich und erfüllt schlummert. Im iPhone-Browser taucht Hilde auf und zwinkert mir zu. Ich schieße das Fenster und gehe ins Unix.

AKT 4: KINDERGARTENFASCHING

Dass das rosafarbene Glücksbärchikostüm mit dem Regenbogen nicht dazu beiträgt, mir auf der Kindergarten-Coolness-Skala einen elementaren Schub nach oben zu bescheren, das war abzusehen. Die Glücksbärchis waren die Teletubbies der 80er, die Spätfolgen der hippiesken 70er. Plüschige Neonbärchen, die über Wolken liefen, sich gegenseitig auf die Bäuche drückten und die Welt in Regenbögen, Herzen und Sternenstaub hüllten, waren im Kindergarten in etwa so cool wie Windpocken und Scharlach.

Mit meinen Locken und dem dünnen Zopf, der sich von meinem Nacken über das Schulterblatt schlängelte, sah ich aus, wie eine Mischung aus 60er-Jahre-Günther-Netzer und Dirk Bach. Auf LSD.

»Das ist mein Sohn!«, sagte mein Vater, während er sich mit einem leisen Seufzer auf den Stuhl fallen ließ und mit anschauen musste, wie sein adipös angedickter Sohn mit einem selbstgebastelten Wolkenmobil aus Watte und Pappmaschee durch den Kinderhort rollte und sich auf den Bauch drückte. Wenigstens hatte man mir diesmal Karlsson vom Dach erspart.

Ich kann mich noch sehr gut an den Moment erinnern, als ich feststellte, dass ich trotz Latzhose und Propeller am Rücken nicht fliegen konnte. Ich war damals aus dem Fenster im Parterre gesprungen und, Arme und Beine weit ausgestreckt, wie ein Abbild der vitruvianischen Proportionsstudie von da Vinci, im Matsch gelandet. »Jetzt isset soweit, Mutter! Der Dicke liegt in den Tulpen!«, war das einzige, das mein Vater hervorbringen konnte.

Als ich im Kindergarten all meinen Mut zusammennahm und meinem Kindergartenschwarm Ines per Kurznotiz mitteilte, dass sich Kuschelbärchi ganz übel in Sonnenscheinbärchi verliebt hätte, mir dabei mehrfach auf die Wampe drückte und fein säuberlich ausgestanzte Glitzerherzen über ihren Kopf rieseln ließ, sagte sie nur: »Go, go gadgeto Hubschrauber!« und verschwand mit Robin Hood, der eigentlich Tim hieß, sich aber Tarzan nannte. Weil er es konnte.

Ich war früher eher das Klößchen unter den Jugendbanden. Besaß kein Rennrad und war mehr Sumo als Judo. Auf meinen T-Shirts hätte das ganze Alphabet Platz gefunden und selbst die 8-Bit-Commodore-64-Nerds, die in den Spät-Achtzigern alles andere als Hipster waren, waren cooler als ich. Aber klar:

»Du bist ein schöner und grundgescheiter und gerade richtig dicker Mann in deinen besten Jahren und der beste Karlsson der Welt.« Du mich auch, Astrid Lindgren!

DIPLOMATIE UND SANKTION

Boris läuft mit knallrotem Kopf in der Küche auf und ab und flucht. Zu meiner Verwunderung auf Französisch, da er beim Ausmisten seines Zimmers eine alte Hörkassette wiedergefunden hat: »Putain de bordel de merde – Fluchen im Land der Liebe leicht gemacht!« Die Ader an seiner Schläfe pulsiert im Rhythmus zu Lady Gagas blechernen Sound, der etwas disharmonisch aus dem Weltempfänger schallt. Dieses alte Fundstück überträgt grundsätzlich weniger Gaga und mehr Morsebotschaften des russischen Geheimdienstes. Alle Versuche, es aus der WG zu verbannen, sind bislang gescheitert. Insgeheim bin ich fest davon überzeugt, dass eines Tages uniformierte KGB-Mitarbeiter vor unserer Tür stehen, um uns wegen Spionage nach Novosibirsk zu verschleppen und wir noch so vehement argumentieren können, »Putain« und nicht »Putin« gesagt zu haben.

»Hiermit erkläre ich unsere diplomatischen Beziehungen für gescheitert!«, brüllt Boris in den Hörer unseres 50er-Jahre-Retro-Telefons mit Wählscheibe und knallt ihn auf die Gabel. Den aktuellen Entwicklungen am Telekommunikationsmarkt stand unsere WG schon immer sehr wohlwollend, wenn auch distanziert gegenüber.

Ich blicke meinen Mitbewohner fragend an.

»Die haben es tatsächlich getan. Sämtliche Transferzahlungen wurden aufgrund eines erhöhten Kostendrucks in den Bereichen Forschung und Entwicklung rückwirkend auf den ersten diesen Monats eingestellt. Der daraus resultierende Handelsboykott des marktbeherrschenden Teilnehmers A hat die drohende Handlungsunfähig des schlechter gestellten Individuums B zur Folge. Die regelmäßig fließenden und auf den Bedarf von B zugeschnittenen gesetzlich vorgeschriebenen Subventionsströme wurden nun fiskalpolitisch gestrichen. Kurz um. Ich bin pleite, zu alt und freie Marktwirtschaft ist scheiße!«

Ich starre ihn mit weit aufgerissenen Augen an. Seit er zum neuen Vorsitzenden der SPD-Dorffraktion gewählt worden ist, benimmt er sich etwas seltsam.

»Wer sind denn *die?*«

»Na, meine Eltern, du Horst!«, platzt er heraus. »Die testen wieder Atomwaffen!« Er deutet mit einem Kopfnicken auf den Weltempfänger, der mittlerweile wieder Klopfbotschaften aussendet.

»Deine Eltern testen Atomwaffen?«

»Die doch nicht! Nordkorea.« Er zeigt mir seine eingerahmte Teilnahmebestätigung am VHS-Kurs »Mit den Ohren hört man besser – Morsen im freien Westen leicht gemacht.« Diese Satellitengeräte seien ja schon sehr praktisch und viel schneller als n-tv, erklärt er mir.

Das Gerät muss weg, denke ich mir, ganz dringend weg.

»Und was ist jetzt mit deinen Eltern?«, frage ich.

»Na, die stecken doch mit denen unter einer Decke!«

»Deine Eltern stecken mit Nordkorea unter einer Decke?«

»Doch nicht mit denen, mit dem Staatsapparat natürlich! All meine Konten sind eingefroren, der Dispo unbewilligt, die TAN-Liste gesperrt und ich habe nur ein Onlinekonto ohne Recht auf persönliche Betreuung. Die ziehen mir ja schon 'nen Euro ab, wenn ich nur die Filiale betrete, geschweige denn eine Überweisung abgebe. Das kann doch nun wirklich kein Zufall sein!

Die staatliche Bezuschussung für fleischgewordenes Erbgut greift nur bis zu einem gewissen Alter. Durch diese immensen finanziellen Einschnitte und dem damit einhergehenden Ausbleiben einer Gewinnausschüttung seitens des Erzeugers A als Investition in die Zukunft Bs sehe ich mich gezwungen, als Humankapital auf den Markt für humane Ressourcen ohne Kernkompetenzen zu treten. Die Folgen sind absehbar: Zeitmangel, Unterbezahlung, Burn-out, Tod. Sprich: Meine Eltern bekommen keine Kohle mehr, ich keine Unterstützung von zu Hause und der Staat einen Arbeitslosenstatistikfälscher mehr. Das kann ja wohl niemand wollen.«

Ich betrachte meinen Mitbewohner, der im Unterhemd auf unserem Sperrmüllsofa sitzt und Bier trinkt, und fange an zu lachen. Boris hingegen macht unbeirrt weiter.

»Fakt ist doch«, erklärt er, »dass auf dem Arbeitsmarkt Arbeitskraft in Zeiteinheiten und, jetzt kommt's, Qualifikationen nachgefragt wird und ich nur 'nen Bachelor habe. Wie passt das denn zusammen? Heute ist es ja fast sinnvoller, nur das Abi im Lebenslauf anzugeben, um wenigstens noch eine kleine Chance auf einen Job zu haben. Da mache ich nicht mehr mit. Wenn zwei Marktteilnehmer spielen und einer bricht die Regeln, dann müssen Sanktionsmechanismen greifen, die sich gewaschen haben!«

Er rennt wütend aus der Küche und verschwindet in seinem Zimmer.

Als ich eine halbe Stunde später eben dieses betrete, sitzt Boris mit Parker und Arafat-Tuch auf dem Boden und starrt in eine Kamera. Die Fenster hat er mit schwarzem Krepppapier abgedunkelt und sich aus alten Laken und Decken, die zu Ostzeiten einmal sehr in gewesen sein müssen, eine kleine Höhle gebaut. Hinter ihm prangt ein Banner: »Studium für alle, und zwar bis 30!«

»Was zur Hölle soll das denn werden?« Mein Blick schweift etwas irritiert durch sein Zimmer.

»Ich verschicke Grußbotschaften per YouTube an meine Eltern!«, erwidert Boris und grinst. »Sowas klappt heute doch am Besten, wenn man seinen Forderungen Ausdruck verleihen möchte. Siehe Bin Laden und so.«

»Der ist aber mittlerweile tot«, merke ich an.

Mein Mitbewohner zuckt nur mit den Achseln. »Och, immerhin hat er 'ne Menge Applaus beim Abgang bekommen. Das wär's mir wert.«

NUR EIN BIER

»Ach, komm schon. Nur ein Bier, okay?« Boris schaut mir tief in die Augen und lügt. Ich weiß, dass er lügt und er weiß das auch. Aber trotzdem, wenn er so lieb fragt, denke ich, na gut, denke ich. Mit dem Wissen, dass das Quatsch ist, was ich gerade denke, denke ich. »Nur ein Bier« in der Kneipe ist wie Popcorn im Kino kaufen und dann Film auf ».to« schauen, wie nur gucken, nicht anfassen, alles kann, nichts muss, drei Rote, ein Blackout und gekotzt wird zu Hause. Blödsinn.

Aufstehen, duschen, anziehen, rausgehen, Geld abheben, Kippen kaufen, in die Kneipe gehen, aus der Kneipe … torkeln. Und dann »nur ein Bier«? Das ist wie One-Night-Stand ohne Nachspiel und mit Socken an, wie *Bunga Bunga* mit Berlusconi ohne Minderjährige und nur mal kurz gucken. Quatsch.

Aber man könnte ja was verpassen, wobei das, was man verpassen würde, wenn man nicht zustimmen sollte, morgen auf Facebook steht. Und alle so: »Gefällt mir!«

»Einen Kurzen auf uns?«, fragt Chris und reicht mir einen blau-gelben Schnaps, der unsere Freundschaft symbolisieren soll. Blau-gelb steht für Schalke und Dortmund. Obwohl er Dortmund und ich Schalke ziemlich scheiße finden und wir das auch voneinander wissen, stellen wir jedes Mal aufs Neue fest, dass sich unsere Freundschaft in cl messen lässt.

Schnaps, na klar, denke ich, olé olé, denke ich, proste ihm zu und freue mich, dass der Plan »nur ein Bier« so gut funktioniert.

Eine Gruppe Politikwissenschaftler am Nachbartisch begrüßt mich mit einem liebevollen, ordentlich mit Promille durchgrölten »Martin! Uuund?« Ich reagiere mit einem spontan gegrölten »Jooo! Läuft!«, bekomme einen Korn, kippe ihn weg und bestelle mir einen Äppler. Wegen der Vitamine, denke ich. Merke allerdings auch, dass mir das Denken an sich nicht mehr ganz so leicht fällt.

Ein einsamer Mann an der Theke trinkt unterdessen, wie er sagt aus gewichtstechnischen Gründen, alkoholfreies Weizen und merkt dabei nicht, dass er zwar nicht besoffen wird, dafür aber trotzdem fett. Und das auch noch mit allen Sinnen merkt, was ja nun wirklich nicht Sinn und Zweck eines Kneipenabends sein kann.

»Auf den Kommunismus!« Die PoWis scheinen sich mittlerweile auf die effizienteste Wirtschaftsordnung geeinigt zu haben und erheben die Gläser.

»Der ene Marx, der andre och, wa?« Der Typ an der Bar lacht laut auf.

»Was studierst'n du?«, fragt mich ein schlaksiger Typ mit »Bildet Banden«-Aufnäher am T-Shirt.

»Das Kapital – Semester vierzehn«, sage ich und unterstreiche die Antwort mit einem beiläufigen »Fuck the system«.

Alle grölen und halten ihre brennenden Sambucagläser wie bengalische Feuer in die Höhe. Ich hätte auch einfach BWL sagen können, aber das wäre weder lustig noch klug gewesen. Nicht in dieser Kneipe, nicht in dieser Stadt.

Der einsame Typ von der Theke schaltet sich ins Gespräch ein.

»Ick war och ma Kommunist jewesen, weeßte? Damals, '68. Die wilden Jahre war'n ditt. Immer jegen allet und jeden. Vor allem allet. Und jeden. Auf jeder Demo mit dabei jewesen. Jegen Atom und Strom und so. Immer janz vorne mit dabei jewesen. Un allet ham wa besetzt, verstehste? Besetzt ham wa allet. Ick hab immer jesagt, ick bin Imker und verfolge 'nen Bienenschwarm, verstehste? Die dürfen ditt ja, die Imker. Also einfach ma so auf fremde Grundstücke jehn. Schlau, wa? Kiekste ma ins Jesetz. Steht da allet drin. Kann dir och keener ditt Jegenteil beweisen, verstehste? Ick sach ma so: Och die Biene kackt aufn Castor, wa? Hehe. Ditt war noch Kampf damals sach ick dir! Dajegen ist ›Sexismus‹ voll Brüderle 2013. Ick seh schon, wir verstehn uns, wa?« Er lacht, verschluckt sich, zieht an seiner Reval, trinkt 'nen Roten auf uns und merkt dann, dass er ja eigentlich alkoholfrei bleiben wollte.

Kommunistische Interessen durchsetzen mithilfe von monarchistisch geprägten Bienenvölkern. Ich schweige, bestelle mir einen Rum und freue mich, dass ich trotz »nur ein Bier«-Taktik stetig betrunkener werde.

Während ich in Gedanken juble, tritt Süske ganz im Stile Nosferatus aus dem bläulich-weißen Nikotindunst, setzt sich neben uns und bestellt einen Sambuca ohne Bohnen. Weil Koffein keinen Sinn ergibt, wenn man sich betrinken will.

»Hilft aber gegen Kopfschmerzen«, merke ich an.

»Das tut Paracetamol auch«, erwidert Süske, »trinke ich aber auch eher selten in Kombination mit Alkohol.«

»Apropos Selbstmord«, fügt Boris hinzu. »Wusstet ihr, dass die in Russland so 'ne Billigdroge entwickelt haben, die aus Hustentabletten, Zündköpfen von Streichhölzern und Benzin gewonnen wird?«

»Nein, aber klingt konsequent«, denke ich.

»Da roch ick lieber feinstes marokkanisches Dope«, meint der 68er von der Bar. »Ditt macht noch ordentlich breit, wa. Nicht so Kopfschmerzen, wie ditt jestreckte Zeug heutzutage. Eens sach ick euch: Erst stirbt die Biene, dann der Mensch«. Boris verschluckt sich. Ich bestelle mir ein Alt und freue mich, dass es so viele Getränke gibt, die einem auch ohne Bier einen ordentlichen Vollrausch bescheren.

DAS

ABI-TREFFEN

»Das ist meiner, schau!« Pia hält mir ihr Smart-
phone mit ausgestreckten Arm unter die Nase und
grinst debil. »Luca, 25. Woche. Süß, was?«

Süß? Ähm, nee, denke ich. Auf diesen Ultra-
schallbildern kann man doch nichts erkennen! Da
kann genauso gut süßes, heranwachsendes Leben
zu sehen sein wie Grußbotschaften von der MIR
oder die Kraterlandschaft irgendeines unerforsch-
ten Planeten.

»Wird mal ein richtig hübsches Kind, hat der
Arzt gesagt!«

Dafür müsste ich erst mal den Vater sehen, denke ich, und überhaupt, was soll der Arzt auch sonst
sagen? »Es tut mir schrecklich Leid, aber Ihr Kind,
also, schön ist das nicht!«?

Pia lächelt und streichelt beiläufig ihren Bauch.
»Ach, es ist so schön zu merken, wie neues Leben

in einem zu wachsen beginnt.« Ich denke an »Alien – Die Rückkehr« und habe da so meine Zweifel.

»Willst du mal fühlen?«

»Nein, lieber nicht!«, antworte ich spontan und zu langsam. Sie greift nach meiner Hand und legt sie auf ihren Bauch. Den Stößen nach zu urteilen scheint das Kind gerade dabei zu sein, mir durch die Bauchdecke hindurch auf halbem Wege entgegen zu kommen.

»Und, spürst du was?«

»Ja, wir haben es gereizt«, sage ich und ernte einen verständnislosen Blick.

»Wir haben schon alles für klein Luca eingerichtet«, erzählt mir Pia stolz.

Ich denke an die üblichen »Baby an Board«- und »Luca fährt mit«-Aufkleber auf der Heckscheibe oder Strampler mit kreativen Aufdrucken wie »Milk, Mum and Rock'n'Rülps«.

»Wir posten alle zwei Tage ein neues Ultraschallbild für unsere Freunde auf Facebook. Lucas Papa ist Arzt, musst du wissen.«

Ich bezweifle die Unbedenklichkeit von Ultraschalluntersuchungen an schwangeren Frauen in diesem Ausmaß, kann mir ein Schmunzeln aber doch nicht verkneifen, weil ich schon wieder an »Alien – Die Rückkehr« denken muss.

»Es ist so ein schönes Gefühl, der Erde einen

Engel zu schenken und Verantwortung für neues Leben zu haben. Hast du eigentlich auch Kinder?«

»Nein, aber zwei Fische auf FreeAquaZoo.de«, erwidere ich.

»Bist du denn verheiratet?«

»Nein, ich bin ledig«, antworte ich und höre, wie meine letzten Worte im auf einmal mucksmäuschenstill gewordenen Gasthof »Zum Goldenen Ochsen« verhallen. Sämtliche Augen sind auf mich gerichtet. Ich hätte auch sagen können, dass ich dreimal geschieden bin, vier uneheliche Kinder von fünf verschiedenen Frauen habe, arbeitslos und auf Crack hängengeblieben bin. Die Reaktion wäre kaum anders ausgefallen.

»Hach, dann bist du bestimmt Geschäftsmann und viel auf Reisen. London, Mailand, Tokyo. War ja schon immer ein Traum von dir, ganz hoch hinaus zu kommen. Ist das aufregend. Was machst du denn genau?«, bricht Pia das Schweigen.

»Kunst, mehr so Gießen, Hanau, Wetzlar«, antworte ich.

»Kunst? Du kannst doch gar nicht malen!«, wirft mein ehemaliger Kunstlehrer in den Raum. Alle lachen. In der 11. Klasse bin ich tatsächlich aus dem Kunstunterricht geflogen, da ich beim Versuch, räumliche Tiefe anzudeuten, ein Haus skizziert habe mit dem Hinweis: »Runter geht's hier lang« mit Pfeil nach unten und »Keller siehe nächste Seite.«

»Und was machst du so für Kunst?«, fragt Pia weiter.

»Ich schreibe Geschichten«, erkläre ich.

»Du kannst doch gar nicht schreiben!«, platzt es aus meinem Deutschlehrer heraus. Er macht mich darauf aufmerksam, dass ich einmal zum Thema »Analysieren Sie Edgar Allen Poes Werk ›Der Rabe‹« ein sechs Seiten umfassendes Pamphlet über die Rolle des Vogels im Tierreich verfasst habe.

»Also schreiben kann er. Nur rechnen nicht«, mischt sich nun auch noch mein Mathelehrer in die Diskussion ein.

Im Zuge meiner Unfähigkeit mathematische Zusammenhänge zu erkennen habe ich stets jeden meiner Rechenschritte mit einer halbseitigen Abhandlung über die Gründe meines Vorgehens ergänzt, um wenigstens noch Mitleidspunkte zu erhaschen. Mit der Folge, am Seitenrand Kommentare zu finden wie: »Ich habe mich schrecklich amüsiert, lieber Martin, aber rechnerisch ist deine Arbeit kaum zu bewerten, da du mehr Fehler machst als die Aufgabe Punkte bringt.«

»Und was schreibst du so für Geschichten?«, möchte Pia von mir wissen.

»Och, mehr so lustig und ohne literarischen Anspruch.«

»Also schreibst du keine Bücher?«

»Nicht wirklich, ich trete mehr so auf Bühnen auf.«

»Hihi, du warst ja früher schon immer der Klassenclown, gell? Da ist ja Zirkus genau das Richtige!«

Während ich mich entspannt zurücklehne und eine Zigarette rauche, beobachte ich, wie sich die schon zu Schulzeiten existierenden Grüppchen im großen Festsaal verteilen. Für einen kurzen Moment fühle ich mich wie Moses, der das Rote Meer geteilt hat.

»Wohnst du denn noch zu Hause?«, fragt Robert.

»Nee, in Marburg«, sage ich.

»Magdeburg? Das im Osten?«

»Nee, Marburg. Deutschland.«

Robert schaut mich an als, würde ich von einem erst vor kurzen entdeckten neuen Kontinent sprechen. Mein Erdkundelehrer grinst mich an und schweigt. Ich proste ihm zu und beschließe, mich den restlichen Abend auf das Wesentliche zu konzentrieren. Lebensgeschichten machen eh erst dann Sinn, wenn das Leben Geschichte ist. Alles andere verfälscht die Bilanz.

AKT 5 : KURVENDISKUSSION

Der schrille Ton des Langzeit-EKGs und der unsanfte Stoß meiner Mutter in die Seite rissen mich aus den Träumen.

»Ihr Junge ist ein wirklich überaus engagierter Schüler, stets bemüht, aufgeschlossen, aber konditionell weit überfordert.«

Sagte mein Mathelehrer.

Als ich beim Eckenrechnen mit einem Ruhepuls von 120 kollabiert war, war die Mathe-Olympiade in weite Ferne gerückt. Wobei mich schon allein der Begriff »Olympiade« im Vorfeld hätte stutzig machen sollen. Führende Kardiologen waren sich einig, dass die Fortführung des Unterrichts ohne lebenserhaltende Maßnahmen nicht mehr gewährleistet war. Die Kombination aus körperlicher Anstrengung und geistiger Höchstleistung hatte mich schlichtweg überfordert. In

Lehrerzimmerkreisen gab es Überlegungen, Defibrillatoren in den Schulbänken zu verstauen und Sauerstoffmasken zu installieren, die, wie im Flugzeug, bei einem Notfall über mir aus der Klassenzimmerdecke fallen. Was mir beim Eckenrechnen aber auch nicht weitergeholfen hätte.

Während ich im Sportunterricht beim Völkerball schon allein massetechnisch die halbe NATO repräsentierte, nutzte ich in Kunst meinen epochal-ästhetischen Vorteil aus, voll und ganz dem Schönheitsideal des Barocks zu entsprechen. Im Physikunterricht wurde ich zur inoffiziellen Maßeinheit für Masse gekürt. Man nannte mich fortan liebevoll »Newtons dicker Rächer«. Während ich genüsslich meine Nutellabrote verspeiste und vor mich hin stoffwechselte, wurde ich unfreiwillig zum physikalischen Anschauungsobjekt für Trägheit. Als mich Tobi in der achten Klasse mit Wasserfarbe portraitierte und das Kunstwerk als »das verquollene Bildnis des Martin S.« für zwanzig Mark an einen Antiquitätenhändler verscheuerte, versuchte ich mein Glück im VPK (vokalpraktischer Kurs, im Volksmund Chor genannt), dem Ende der pädagogischen Früherziehung, dem negativen Eintrag im Klassenbuch des Lebens und dem letzten Glied in der Bildungskette. Noch weit hinter Töpfer-AG und Standardtanz.

Machete läuft mit den Eingeweiden seines Feindes durch den Flur, springt aus dem Fenster und schwingt elegant in das untere Stockwerk. Das Kino jubelt.

»Krass!«, meint Boris.

»Hmm, yummy«, sage ich.

»Wie realistisch«, murmelt die unbekannte Frau in der Sitzreise hinter uns. Boris und ich starren uns ungläubig an. Realismus in Rodriguez-Filmen zu erwarten ist irgendwie, wie Drehtüren zuschlagen. Hab's probiert. Absurd.

Eine Stunde vorher

»Wie realistisch!« Boris lässt sich in den Pärchensitz fallen, trinkt Orange-Ingwer (weil bio) und motzt. Auf der Leinwand läuft der aktuelle Trailer zum neuen Hindenburg-Film.

»Scheiß Spoiler«, meckert er weiter. »Da weiß man doch schon am Anfang, wie der Film ausgeht!«

»Du weißt aber schon, dass die Hindenburg tatsächlich abgestürzt ist, oder? Der Film beruht auf einer wahren Begebenheit!«

»Tz«, winkt er ab. »Das haben die bei ›Blair Witch Project‹ auch schon gesagt. Da ist ja ›Transformers‹ realistischer!« Er seufzt. »Mittlerweile beruht doch fast alles auf einer wahren Begebenheit, sogar ›Deutschland ein Sommermärchen‹. Das muss man sich mal reinziehen.«

»Du, jetzt mal ohne überheblich klingen zu wollen – das ist auch eine wahre Geschichte.«

Boris räuspert sich und nimmt noch einen letzten Schluck aus seiner Bionade. Dann legt er los. »Wahr, falsch, links, rechts. Die Frage ist doch, wieso Millionen von Menschen in einen Film gehen, dessen Ausgang allen bekannt ist und wo man am Ende noch gegen Italien verliert? Wie unlogisch ist das denn bitte?«

Seltsam. Boris hasst Fußball so sehr, dass er sich während der WM für vier Wochen mit Wasserkocher und Tütensuppe im Zimmer eingeschlossen hat und erst dann wieder aufgetaucht ist, als das Veterinäramt vor unserer Tür stand, weil sich die Nachbarn über den penetranten Gestank im Hausflur beschwert haben. Die Szenerie erinnerte stark an den Irak, als Saddam Hussein kurz wie ein Erdmännchen aus seinem Loch schaute.

»Du musst das große Ganze sehen«, sage ich, »das Drumherum, die Entstehungsgeschichte, die Emotionen.«

»Pah, Emotionen! Die gibt's bei Pornos auch, und trotzdem macht da keiner ein Fass wegen auf. Man muss sich das mal vorstellen: Elf Spieler, ein Trainer, 80 Millionen Deutsche mit Fähnchen am Auto und am Ende gibt's einen Oscar!«

»Der Film hat doch gar keinen Oscar bekommen?«

»Ja, aber auch nur, weil kein Schwan drin vorkommt! Ich meine doch nur, dass mittlerweile alle Filme einen wahren Kern besitzen. Sogar Avatar! Wegen den Indianern und so, habe ich in der Neon gelesen. Selbst Dr. House wird am Fachbereich Medizin analysiert, obwohl die Diagnosen immer dieselben sind. Erst Schwindel, dann CT, huch, ein Tumor. Und am Ende ist's doch wieder nur der Bandwurm wegen der schlechten Mortadella im Kühlschrank. Da wird doch der kleine unbescholtene Bürger verarscht!«

Ich stelle mir vor, wie mein Hausarzt nachts in unsere WG einbricht, um im Siphon die Ursache für meinen Schnupfen zu finden, und muss grinsen.

»Und dann der Arbeitsmarkt«, fährt Boris fort. »Die Berufswünsche von jungen Menschen korrelieren mit den aktuellen Serien im TV. Heute wollen sie alle ein Strandhaus in Malibu und Werbejingles komponieren. Wie doof ist das denn bitte?«

Wenn das wirklich stimmen sollte, dann würde ich heute in der Kanalisation arbeiten und mein Chef wäre eine Ratte. Gut, bei vielen trifft das zu. Bei mir allerdings (noch) nicht.

Ich scrolle in der Wiki-App zum Buchstaben H und halte Boris mein Telefon unter die Nase. »Da, Hindenburg. Historisch belegt!«

Er liest sich den Artikel durch und rümpft die Nase. »Über Blair Witch Project‹ steht hier aber nichts!«

Er klickt auf »Neuen Artikel anlegen«.

»Mist, gibt's doch schon.«

»Bei Wikipedia gibt's doch alles«, merke ich an.

»Über mich steht hier aber nichts!«

»Okay, aber wieso sollte auch?«

»Weil mein Leben vielleicht auch auf wahren Begebenheiten beruht?« Er zeigt mir sein Facebook Profil. »Ich poste, also bin ich!«

»Du, nicht alles was bei Wikipedia steht muss zwingend wahr sein.«

»Aha!«, empört sich Boris und reibt sich die Hände wie Mr. Burns, wenn ein Plan funktioniert. »Ich habe dich durchschaut!«

»Aha. Du, zur Hindenburg gibt's aber Videomaterial.«

»Ach, Videomaterial! Na, wieso hast du das nicht gleich gesagt? Das hat ja beim Wembley-Tor auch mal so richtig gut funktioniert!« Er erzählt, dass das ja nun wirklich kein Argument sein könne, schließlich würde es das auch zur Mondlandung geben. Und jeder wisse doch, dass Lance Armstrong den Mond nur mal kurz durchs Fernglas ausm Yps-Heft gesehen hat.

»Neal!«, werfe ich ein. »Neal! Der andere hat's nur bis auf die Alpen geschafft.«

»Lance, Neal, Alpen. Sonne, Mond und Sterne, ich geh' mit meiner Laterne. Hauptsache, die Aussicht stimmt!«

Eine unbekannte Frau tippt uns von hinten auf die Schulter. Im Kino vier ist es mittlerweile mucksmäuschenstill geworden und alle Augen sind auf uns gerichtet. Der Langnesemann hat bereits den Saal verlassen und in den hinteren Reihen wird schon hemmungslos gefummelt. Auf der Leinwand sieht man einen Friedhof. In der Mitte befindet sich ein riesiges Grabmal mit der Inschrift »R.I.P. – Eine Rodriguez-Produktion«. Von oben fließt Blut ins Bild und färbt die Leinwand dunkelrot. Lindsay Lohan taucht splitternackt am rechten Bildschirmrand auf, legt eine Crackpfeife auf den Tisch und springt in einen Pool. Das Kino jubelt.

»Krass«, meint Boris.

»Hmm, yummy«, sage ich.

»Wie realistisch«, murmelt die uns immer noch unbekannte Frau hinter uns.

»Als hätte ich's gewusst«, sagt Boris und grinst. »Inspiriert durch eine wahre Begebenheit!«

Boris und ich sitzen in einem sehr gemütlichen Irish Pub und trinken Guinness. Genauer gesagt sitzen wir in unserer sehr ungemütlichen WG und trinken Club Mate und zwei uns gänzlich unähnliche Avatare sitzen in einem gemütlichen Irish Pub im Monitor und schütten in einprogrammierten Animationen virtuelle Biere in verpixelte Kehlen. Samantha, die junge Kellnerin in modischer Designerjeans, begrüßt uns mit einem freundlichen »Sláinte«. Auf ihrem Top steht: »Welcome to Ireland«. Ansonsten schweigt sie.

Da wir uns dieses Jahr den Urlaub in Holland nicht leisten können, hat Boris beschlossen, die Semesterferien in Second Life zu verbringen. Einer virtuellen Plattform im Internet, basierend auf der Realität, in der man in seiner Freizeit spannende Dinge tun kann wie Arbeiten und Geldverdienen.

»London, Mailand, Dublin in fünf Minuten, check!«, sagt Boris und rülpst. Sein Avatar rülpst auch. Neben uns sitzt ein junger Mann mit Pferdekopf und wiehert.

»Das ist Timo. Er kann sich im wahren Leben kein Pferd leisten«, sagt Boris. Der Typ mit dem Pferdekopf schnaubt und trinkt Wasser aus einem Napf, der zufällig auf dem Tresen steht. Samantha schweigt immer noch.

»Das sind alles ganz normale Leute hier«, erklärt Boris, als er meinen irritierten Blick vernimmt.

»Wenn du /99stroke in den Chat tippst, kannst du mir über die Nüstern streicheln«, erklärt der Typ mit dem Pferdekopf und wiehert erneut. Ich lehne dankend ab.

Samantha erzählt uns, dass sie gerade in Jogginghose am Sofa sitzt und Tee trinkt, während ihr gänzlich unähnlicher Avatar für 1,50 Euro die Stunde in einem gemütlichen Irish Pub im Internet steht und Leute begrüßt. Ich lächle.

Wir verlassen die Bar. Samantha verabschiedet uns mit einem freundlichen »Sláinte« und wir teleportieren uns weg.

»Also, hier wohnen wir zur Miete«, sagt Boris, als wir zehn Sekunden später in einem kleinen Raum stehen, in dem sich lediglich ein virtuelles Sofa, ein virtueller Fernseher und eine virtuelle Spielekonsole befinden. Boris steuert mit seinem Avatar unbeirrt auf die Couch zu und greift nach dem Controller. Natürlich hätten wir auch einfach die PlayStation in der Küche nehmen können. Wir sitzen also nach wie vor in unserer WG und beobachten zwei Avatare im Monitor, die zwei Avatare im Monitor beobachten.

Plötzlich betritt ein ganz in schwarz gekleideter Herr mit blasser Haut das Zimmer und beißt meinem hässlichen Alter Ego in den Hals.

»Das ist Rüdiger. Er kann im wahren Leben kein Blut sehen«, sagt Boris. Der virtuelle Vampir saugt derweil seelenruhig an meiner virtuellen Hauptschlagader weiter und freut sich.

»Wenn du `/99plug` in den Chat tippst, kannst du mich pfählen«, schreibt er. Ich lehne ab.

Boris erklärt mir, dass Vampirbisse in den meisten Fällen tödlich enden, es gebe allerdings ein Gegenmittel. Dafür müsse er sich nur auf eine lange und gefährliche Reise begeben. Ich solle durchhalten. Er verwandelt sich in einen Wolf und verschwindet.

Fünf Minuten später kommt er zurück. »Die Elben sind alle offline.«

»Werde ich jetzt auch zum Vampir?«, frage ich.

Boris schüttelt den Kopf. »Du kannst einfach alle Animationen stoppen oder neustarten.«

Gesagt, getan, dann lebe ich wieder.

»Jetzt haben wir uns den Urlaub auch redlich verdient, oder?«, fragt Boris. Ich nicke, er tippt und klickt und wir befinden uns in einem nicht ganz nicht aber fast nicht unrealistischen Nachbau Athens.

»Seit der Eurokrise können sich die Griechen keine Investitionen in Bauwerke und Infrastruktur leisten. Daher haben sie beschlossen, ihre Aktivitäten auf das Internet zu verlagern«, erklärt er.

Sokrates, unser Tour Guide in modischer Designerjeans, begrüßt uns mit einem freundlichen »καλημέρα«. Auf seinem Top steht: »Welcome to Greece«. Ansonsten schweigt er.

Im Hintergrund tanzt ein junger Mann mit Che-Guevara-T-Shirt Sirtaki um ein brennendes Auto.

»Das ist Nico. Er studiert im wahren Leben Jura«, sagt Boris. Der Revoluzzer hält ein Schild in die Höhe mit der Aufschrift: »Die Mark reguliert alles!«

»Wenn du /99bääm in den Chat tippst, kannst du Molotowcocktails aufs Regierungsgebäude werfen«, sagt der Internetaktivist. Ich lehne ab.

Sokrates erzählt mir, dass er gerade in Jogginghose auf dem Sofa sitzt und Club Mate trinkt, während sein gänzlich unähnlicher Avatar für 1,50

Euro pro Stunde durchs virtuelle Athen läuft und den Menschen die Sehenswürdigkeiten zeigt. Ich lächle.

Aus dem Hintergrund kommt ein sehr schöner virtueller Nachbau einer sehr schönen realen Frau in Jogginghose zum Vorschein. Sie steuert unbeirrt auf Boris zu, gibt ihm eine Ohrfeige und sagt: »Arschloch!« Auf ihrem Top steht: »Single«. Ansonsten schweigt sie.

»Das ist Julia. Sie ist im wahren Leben vergeben«, sagt Sokrates.

»Hat sie gerade /99arschloch in den Chat getippt?«, frage ich. Er nickt. Boris geht offline.

Der Vampir schreibt mir per Kurzmitteilung, dass er eigentlich beim roten Kreuz arbeite aber Angst vor Spritzen habe. Der Protestant tippt »AFK« in den Chat, weil er morgen mündliches Staatsexamen hat.

Julia erzählt mir, dass sie gerade in modischer Designerjeans in einem gemütlichen Irish Pub sitzt und Guinness trinkt, während ihr gänzlich dämlicher Freund seine Freizeit im Internet vertrödelt. Ich lächle und beginne zu verstehen.

Ich hätte mein Zimmer niemals aufgeben dürfen, denke ich. Ein Zimmer in einer Universitätsstadt aufgeben, wo Studenten übergangsweise im Sparkassenfoyer schlafen, um überhaupt ein Dach über dem Kopf zu haben, das ist so intelligent wie Voyeurismus im Darkroom. Ich sitze auf Boris' Schaukelpferd und wippe gedankenversunken.

»Ich baue dir ein Hochbett!«, sagt Boris. »Ich baue dir ein Hochbett! Das machen die in China schließlich auch immer so. Also, räumliche Höhe ausnutzen.«

Ich hätte mein Zimmer niemals aufgeben dürfen, denke ich erneut und lausche einem Hörbuch. Astrid Lindgren erzählt die Geschichte eines abenteuerlustigen, dicken Kindes mit Propeller am Rücken.

Ich hätte auch gerne einen Propeller am Rücken, denke ich. So ein Propeller am Rücken wäre toll. Ich habe nur Rücken.

»Ich mach mal Musik an!«, ruft mir Boris vom Sofa aus zu und macht mal Musik an. Aus den Boxen dröhnt undefinierbares Gegrunze, das mich zeitweise an Gang Bang unter Bonobo-Affen erinnert. Das ist doch keine Musik, denke ich. Das kann man doch nun wirklich nicht als Musik bezeichnen.

»Das ist Cannibal Corpse! Dabei kann ich wirklich total gut entspannen«, erklärt Boris und zersägt einen Zombie in Resident Evil 2.

Entspannend ist grüner Tee auch, denke ich. Muss ich aber trotzdem nicht trinken. Weltallerbester Karlsson zündet unterdessen eine Dampfmaschine an, die im weiteren Verlauf der Folge mit einem lauten Knall in die Luft fliegt. Müsste man den musikalischen Stil von Cannibal Corpse mit Hörbuchsequenzen simulieren, dann wäre eine explodierenden Dampfmaschine nicht allzu weit hergeholt.

»Dieser Thrash Metal klingt doch immer gleich«, sage ich.

»Das ist Death Metal!«, protestiert Boris, während ein überaus unentspannter Untoter an seinem Hals herumnagt.

»Ach, die drehen doch auch nur das Kreuz um!«

Boris verliert ein Leben und die Geduld. »Nee, das ist Black Metal!«

»Also doch die mit dem Kreuz richtig herum?«, frage ich.

»Das sind Christen, du Schmock! Ich kann aber auch Clueso anmachen. Cannibal Corpse oder Clueso. Find ich beide gut.«

Weltallerschlauster Karlsson steigt vom Fenstersims aufs Dach und fliegt davon. Ich hätte auch gerne einen Propeller am Rücken, denke ich erneut und frage mich, wie der Typ mit dieser Statur überhaupt fliegen kann. Eine Hummel kann ja auch nur deshalb fliegen, weil sie insgeheim gar nicht weiß, dass sie eigentlich nicht fliegen kann, weil sie zu fett ist.

»Ich gehe jetzt stricken, kommst du mit?«, fragt Boris. Ich frage mich, ob er bei Cannibal Corpse wohl auch auf diese Idee gekommen wäre. Er ist der Meinung, dass stricken wie meditieren sei, nur halt ohne Rumsitzen und Nichtstun.

Astrid Lindgren schmatzt in die Kopfhörer und beschreibt, wie der weltallerdickste Karlsson ein Stück Sahnetorte verschlingt. Mein Magen beginnt zu knurren. Essen wäre jetzt prima, denke ich und mache mir einen Kaffee. Ein Reflex, den ich selbst nicht so gut erklären kann.

Boris besitzt nur Instantkaffee, da sich unsere Senseo-Maschine beim Versuch, vier Pads auf einmal aufzubrühen, auf sonderbare Art und Weise selbst zerstört hat. Eine Kaffeeplantage wäre toll, denke ich. Oder eine Partnerin, die auf einer Kaffeeplantage arbeitet. Ich denke an Ines, die immerhin bei Tchibo arbeitet. Aber statt Kaffee schenkt sie mir immer nur Bettwäsche oder Schlafanzüge. Ich mag sie trotzdem.

Boris richtet seine Kettensäge auf eine Untote, die einmal ein sehr hübsches Mädchen gewesen sein muss.

Clueso singt: »Ich will keinen Zentimeter mehr zwischen uns / Ein Fleck ohne Kontur / Ich will ein Anfang mit mehr Tiefe, mit mehr Hintergrund / Ein Ende ohne Zensur.«

Boris blickt ein letztes Mal in ihre blutunterlaufenen Augen, sieht eine Träne durch das Loch in ihrer Wange rinnen und legt den Controller zur Seite. Die Anlage wechselt zu Philipp Poisel, der fragt, wie ein Mensch das nur alles ertragen kann. »Das stört doch keinen großen Geist«, sagt Karlsson desinteressiert. Ich zucke mit den Schultern und schalte den iPod aus. Kathrin und Ines kommen mit Umzugskartons ins Zimmer.

»Bist du soweit?« Ines lächelt. Sie trägt das T-Shirt mit unseren Konterfeis in einem roten Herz und der Aufschrift »Wenn's sein muss für immer«, das ich ihr zum Geburtstag geschenkt habe. Ich mag sie wirklich.

»Gibst du uns noch ein paar Minuten?« Sie nickt. Die beiden verlassen die Wohnung. Ich reiche Boris eine Tube Senf.

»Ich weiß nicht was ich sagen soll«, sage ich.

»Man schreibt nicht so ausführlich, wenn man den Abschied gibt. Das hat schon Heinrich Heine gesagt«, sagt Boris und lächelt.

»Mach's gut«, sage ich.

»Ihr werdet euch schon bald wiedersehen«, sagt Ines kurze Zeit später im Auto. Ich nicke. Dann fahren wir in unser neues Leben.

MEIN FÜLLER HAT ZAUBERTINTE

Hallo Junge,
wir zahlen nicht mehr.
Geh endlich arbeiten!
Gruß, Mama.
PS: Alles Gute zum Dreißigsten!

Ich sitze in einem kleinen, luftarmen Raum, starre auf die Karte mit dem »Zum Auszug alles Gute«-Motiv in meinen Händen und seufze. Neben mir sitzen neun Mitbewerber unruhig auf ihren Stühlen.

»Hast du dich auch für den Job hier beworben?«, fragt mich ein schmächtiger Kerl mit glattgekämmtem Seitenscheitel und schiefsitzender Hornbrille.

»Wonach sieht's denn aus?«, frage ich.

»Na ja, jedenfalls nicht nach Initiativbewerbung«, sagt er und grinst.

»Stimmt«, erwidere ich. »Geschenk.«

»Krass, Vitamin B?«, fragt er.

»Nein, Geburtstag«, sage ich.

»Ach so, na dann Glückwunsch!«, sagt er.

Er mustert mich von Kopf bis Fuß und rümpft die Nase. Ich prüfe mein Deo, das laut Verpackung 72 Stunden Geruchsekstase pur verspricht und atme durch. Es hat schon vor Stunden beschlossen, mich im Stich zu lassen. Das Duftpanorama hier ist ein Gemisch aus Angstschweiß und Hoffnung. Niemand sagt einen Ton oder verzieht die Miene. Einer tippt nervös auf seinem iPhone herum, ein anderer geht schon mal prophylaktisch den Gesprächsverlauf durch.

»Ich gehe schon mal prophylaktisch den Gesprächsverlauf durch«, erzählt der Typ neben mir und zeigt mir eine Mappe mit potenziellen Bewerbungsfragen und möglichen Antworten. Ist wohl einer von denen, die schon zu Unizeiten bei Präsentationen immer komplette Fließtexte auf Karteikarten geschrieben haben.

»Mein Vater ist im Vorstand einer großen Bank«, erzählt er weiter.

»Meiner ist auch im Vorstand«, sage ich.

»Ach, DAX?«, fragt er.

»Sportverein«, sage ich.

Ich blättere meine Unterlagen durch. Ich werde mich für einige Lücken im Lebenslauf rechtfertigen müssen. EM- oder WM-Semester sind zwar die Wahrheit, aber als Ausrede nur begrenzt geeignet.

Nach und nach werden die ersten aufgerufen, um sich eine Tür weiter den bohrenden Fragen der Personalleiter auszusetzen. Ich stelle mir ein kleines, dunkles Zimmer mit gespiegelten Fenstern, einem sterilen Schreibtisch und einer Tischlampe vor, die einschüchternd auf den Bewerber gerichtet ist. Wie bei Tatort eben.

»Was qualifiziert dich denn für den Job?«, fragt der Typ weiter.

»Ich bin flexibel. Ich komme vom Dorf«, sage ich.

»EDV-Kenntnisse?«

»Internet«, sage ich und spüre, wie der Zivildienstverweigerer innerlich jubelt.

Die ersten Mitbewerber verlassen mittlerweile mit gesenkten Häuptern die Kammer des Schreckens, würdigen uns keines Blickes und verschwinden wortlos im Aufzug. Auch wenn wir immer weniger werden und dies dem Sauerstoffgehalt eigentlich zuträglich sein sollte, ist es immer noch erdrückend. Mit dem Verstreichen der Minuten scheinen die Schweißdrüsen den Naturgesetzen entgegen wirken zu wollen.

»In welcher Branche würdest du denn gerne später mal arbeiten?«, fragt der Typ.

»Irgendwas mit Menschen«, sage ich. Für einen kurzen Moment fühle ich mich wie der Kannibale von Rotenburg.

Der Typ starrt mich entsetzt an. »Mit Menschen?«, fragt er.

»Ja, was Soziales«, sage ich. »Kein Auftragsmord!«

Mir gegenüber packt ein wohl frisch gebackener Abiturient ein mit Liebe belegtes Käsebrot aus und freut sich über einen kleinen Zettel, den ihm Mutti zur Aufmunterung in die Tupperdose gesteckt hat. »Du schaffst es, Junge. Papi und ich glauben ganz fest an dich. Küsschen, Mami.«

»Ich war ja schon im Ausland«, prahlt der Gesichts-Potter neben mir weiter und versucht zu lächeln.

»Wo denn, Hogwarts?«, frage ich.

»Nee, Harvard«, sagt Potter. Seine schlecht gebundene Krawatte baumelt locker vor seinem Schritt. »Kunstgeschichte«, fügt er hinzu.

»Ah. Klingt spannend.« Denke ich. Nicht.

In der hintersten Ecke des Raumes sitzt ein älterer Herr, vertieft in die Apotheken Umschau. Er erweckt den Anschein, dass er nach Jahren des Nichtstuns und einem Grundstudium der Betriebswirtschaftslehre endlich zu der Einsicht gelangt ist, dass 25 Wartesemester für sein angestrebtes Medizinstudium vielleicht doch etwas zu lang sind und der aufgeschobene Abnabelungsprozess vom Elternhaus nun endlich abgeschlossen werden sollte.

»Ich kann drei Fremdsprachen fließend«, erzählt der Typ neben mir weiter.

»Mein Füller hat Zaubertinte«, sage ich.

»Deutsch, Englisch und Spanisch verhandlungssicher«, sagt er.

»Mein Füller hat Zaubertinte«, sage ich.

Nach und nach verschluckt die mysteriöse Tür einen Mitbewerber nach dem anderen, um sie dann innerhalb kürzester Zeit wie einen Fremdkörper im System wieder auszuspucken. Und auch ich fühle mich wie ein Fremdkörper im System. Ganz im Gegensatz zu meinem Sitznachbarn.

»Ich war Stadtverbandsvorsitzender der Jungen Liberalen«, erzählt er stolz.

»Aha«, denke ich.

»Fünf Jahre im Sozialausschuss gewesen«, sagt er.

»Aha«, denke ich.

»Außeruniversitäres Engagement, verstehste?«, sagt er.

»Mein Füller hat Zaubertinte«, sage ich.

»Ich glaube, ich studiere doch Pharmazie«, sagt der Vordiplom-Betriebswirt mit der Apotheken Umschau, gönnt sich einen großzügigen Schluck

Dr. Bach Rescue Tropfen und geht. Dann werde ich aufgerufen.

Das Innere des Raumes kommt dem einer Besenkammer recht nahe. Lediglich eine kleine Tischlampe wirft etwas Licht in das dunkle Zimmer. Ein nicht unbedingt freundlich wirkender Mann mit breiten Schultern, die nur mit Gewalt in das tailliert geschnittene Hemd gepasst haben können, bittet mich Platz zu nehmen. Er schaut mir tief in die Augen, öffnet einen Aktenkoffer auf dem Schreibtisch und dreht diesen zu mir.

»Etwas mit Menschen also?«, brummt er in meine Richtung.

»Vielleicht doch eher mit Medien«, antworte ich.

Das Letzte, woran ich mich erinnern kann, ist ein heller Blitz vor meinen Augen. Vor mir steht ein Kuchen mit 30 kleinen Kerzen.

»Wenn du die alle auspustest, dann darfst du dir was wünschen«, erklärt meine Schwester.

»Weißt du denn jetzt schon, was du mit deinem Abschluss machen willst?«, fragt meine Mutter.

»Ja, was Soziales«, sage ich. »Aber ohne Menschen.«

»Junge, du bist jetzt ein Vorbild!« Mein Vater kam freudestrahlend in mein Zimmer gerannt um mir die frohe Botschaft zu überbringen, dass ich von nun an ein kleines Schwesterchen hätte und nun der große Bruder sei. Ich schaute verwirrt und sagte erst mal: »Nö.« Da könne ja jetzt jeder kommen, und ob er das überhaupt irgendwie beweisen könne, und er sagte nur: »Klar, ich erklär's dir«, und ich dachte nur: »Bäh, das ist aber jetzt mal voll eklig!« Und das alles nur, weil es im Winter vielleicht mal etwas kuschelig war, da kann man doch nun wirklich einfach einen Kakao trinken und muss nicht rumknutschen, da sieht man mal, was passiert, wenn man rumknutscht, nicht nur, dass es nie schön ist, anzusehen, wenn die Eltern knutschen, es hat auch noch einschneidende Folgen.

Ich war total empört, schlug meinem Vater die Tür vor der Nase zu und spielte erst mal Jo-Jo.

»Du bist jetzt Vorbild«, so ein Unsinn, wieso nicht gleich mit gutem Beispiel voran gehen. Beispiele sind doch in der Hierarchie viel weiter oben angesiedelt.

Ich wollte kein Vorbild für meine kleine Schwester sein. Das war ja schon anatomisch nicht möglich und ich las auch keine Wendy (zumindest nicht öffentlich). Ich fand Yps-Hefte toll. Und überhaupt sollten Vorbilder doch ernst genommen werden, und wie bitteschön soll man jemanden ernst nehmen, der Fürze mit dem Mäppchen fangen will?

Mein Vorbild war He-Man. Den gab es wenigstens. Der wohnte im Fernsehen. Und He-Man hätte das auch nicht alles einfach hingenommen, man stelle sich das mal vor:

»Ey, He-Man, leg mal das Schwert beiseite, du hast jetzt eine Schwester. Sei mal Vorbild.« – »Nö! Hallo, ich bin He-Man, Master of the Universe, ich habe einen international anerkannten Studienabschluss, ich hab doch die zwei Jahre nicht noch drangehängt um hier einen auf Vorbild zu machen. Das ist Bachelor-Arbeit!«

Da es bei uns raumordnungspolitisch nicht gut aussah, musste ich mir von nun an mein Zimmer mit meinem Bruder teilen, was so gar nicht meinem familiären Rang entsprach. Und das nur, damit meine Schwester ihr rosa Prinzessinnenzimmer beziehen konnte, das ich immerhin in regelmäßigen Abständen mit meinen Actionfiguren angriff. Wer erinnert sich nicht an die geschichtsträchtigen Kämpfe zwischen Power Rangers und Rittern, damals im Mittelalter. Ich war der Meinung, dass man kleinen Schwestern so früh wie möglich deutlich machen musste, dass es den scheiß Prinzen nicht gab. Sorry Schwesterherz, der kommt nicht mehr, den hab ich erschossen, als du klein warst!

Vorbild sein bedeutet Stress und Druck und das alles ohne finanzielle Anreize. Damit konnte ich nicht umgehen. Nein, ohne mich. Auf dieses unmoralische Vorbildangebot meines Vaters wollte ich mich nicht so einfach einlassen.

Ich packte meinen neonfarbenen Scout-Schulranzen – es soll schon Unfälle gegeben haben, weil Autofahrer vom grellen Schein der Lichtreflektoren, die man als Kind an jede Stelle des Körpers geklebt bekam, geblendet wurden – steckte meinen Captain-Planet-Powerring an, der mir ungeahnte Kräfte verlieh, und ich zog aus.

Von meinem gesammelten Ersparten kaufte ich mir erst mal einen Flutschfinger, zwei

Schlümpfe, eine saure Zunge und zwei weiße Mäuse, dann war ich pleite und musste per Anhalter weiter. Rückblickend betrachtet schlecht durchdacht, als Siebenjähriger konnte man einfach nicht aus einem Paar-hundert-Seelen-Dorf entfliehen, wo selbst die Kühe petzten. Beim Versuch zu trampen hielt als erstes unser Nachbar an und brachte mich direkt wieder nach Hause. Ich erklärte ihm zwar, dass ich genau in die andere Richtung müsse, aber der persönliche Wille eines Siebenjährigen schien damals nicht viel zu zählen.

Ich kramte also mein persönliches Orakel aus der Schublade: Es waren vier weise Waisen aus der Kanalisation, ihres Zeichens Teenage Mutant Hero Turtles unter der Leitung des legendären Meister Splinter, und wir berieten mein weiteres Vorgehen. Ich frage mich noch heute, wieso ich einer Ratte mehr Glauben geschenkt habe als meinen Eltern, doch ich vertraute den Helden meiner Jugend: Turtles, Power Rangers und Darkwing Duck. Die konnten genauso wenig lügen wie der Disney Club, aber von dem würde meine kleine Schwester nicht mehr viel haben, abgesetzt und abgelöst. Und wie bitteschön soll man ein vernünftiges Vorbild für jemanden sein, der als Tigerente aufwächst? Das geht doch nicht.

Als ich mal für fünf Minuten meiner angeblichen Vorbildfunktion nicht nachkam, wurde bei KiKa auf Werbung geschaltet und meine Schwester lernte die Barbie kennen. Die Barbie mit ihrem blöden Traumhaus, das *ich* dann aufbauen musste. Und dann wollte sie spielen. Mutter-Vater-Kind, wobei letzteres erst noch gemacht werden musste.

»Das geht doch nicht, du bist meine Schwester, wie eklig! Und überhaupt, schau dir die Puppen doch mal genauer an, merkst du was? Die haben nicht mal Geschlechtsteile, die können keine Kinder machen und außerdem steht Ken auf Männer.« Als ich ihr dann erklärte, wie das so läuft mit der Fortpflanzung zwischen Spielzeugen, meinte sie nur, dass sei ja voll eklig, igitt, wie abartig, so was machten Chinesen?

Blöder Storch, dachte ich mir, blöder Storch, so gemein konnte doch kein Storch sein! Meine Schwester wurde von Krähen gebracht, von vielen, vielen Krähen, die nun auf unserem Dach saßen, und das unschuldige Prinzesschen war ihre Anführerin: Meine Schwester, die Prinzessin der Krähen!

Meine Eltern quittierten mir diese Vermutung mit Hausarrest. Ich war kein gutes Vorbild, so viel stand fest. Aber ich konnte ihr zumindest eine Sache mit auf den Weg des Lebens geben: Scheißegal, was die anderen sagen – am besten ist es sowieso, wenn man sich selbst als gutes Beispiel vorangeht.

ALTE SCHWEDIN

»Findest du das nicht ein bisschen kindisch?«, fragt meine Freundin und deutet auf das einge- schweißte Exemplar der Wendy auf unserem Ess- tisch. »Katha wird 40 und nicht 12.«

»Ich weiß«, sage ich, »und nein«, füge ich hinzu, während ich das Bravo-Girl-Zeitungspapier ele- gant hinter meinem Rücken verschwinden lasse.

»Ich finde das nicht kindisch, sondern – ange- messen«, fahre ich fort und suche nach Tesafilm. Angemessen, ui, das klingt sehr professionell, den- ke ich und gebe mir einen imaginären Schulter- klopfer. Da muss man ja immer etwas vorsichti- ger sein, wenn es ums Alter geht. Vor allem, wenn man 40 wird. Wobei 40 ja auch nur Pubertät ohne Pickel und Justin Bieber ist, denke ich.

»40 ist ja auch nur Pubertät ohne Pickel und Justin Bieber«, sage ich und ernte von meiner

Freundin einen bösen Blick. »Und überhaupt«, ergänze ich meine Ausführungen, »alt« ist ja immer relativ. Kann man drehen und wenden wie man mag. 40, das ist 4×10, 2×20, ich+8. Wenn das kein Grund zu feiern ist?«

»Hast du wenigstens auch an etwas Sinnvolles gedacht?«, fragt sie.

Ich nicke und bringe eine Flasche Rotburgunder zum Vorschein. »Alkohol! Hilft immer!«

Zugegeben, so wirklich gut im Geschenkeaussuchen war ich noch nie. Erst letztes Jahr habe ich meiner Freundin zu Weihnachten einen Akkuschrauber geschenkt, und einen Hammer, der in der Werbung mit »aus echtem Panzerstahl« angepriesen wurde. Kam nur so minder gut an, wie ich mir rückblickend eingestehen muss. Aber das ist ja am Anfang immer so. Bis der erste IKEA-Schrank gekauft wird! Da hat der Schwede die Rechnung ohne den Herrn Krupp gemacht. Wer uns die Billy-Plage schickt, darf sich nicht wundern, wenn der kleine Mann von nebenan mit einem panzerstahlummantelten und '45 kurz vor Moskau schockgefrosteten Hammer von Hornbach zurückschlägt.

»Nimm das, Köttbullar!«, rufe ich versehentlich laut und mache mit der Hand eine schlagende Bewegung. Meine Freundin weicht irritiert zurück.

Sollte man eigentlich viel häufiger sagen. »Nimm das, Köttbullar!« Ich muss unweigerlich lachen.

»Du kannst Katha ja einfach ein Gedicht schreiben«, wirft sie in den Raum.

Oh ja, ein Gedicht, denke ich, dass ich da nicht schon viel früher drauf gekommen bin. Na sicher! Da war ich war ja schon immer gut drin. Im Reimen! Super Idee. Da ist es wieder, das Leid des Künstlers. Das war schon früher immer so. »Oho, der Junge kann Klavier spielen. Komm, spiel was für uns zu Weihnachten, Ostern, Mauerfall und Weltnichtrauchertag.« Ätzend! Da sind meine Geschwister schön raus. Keiner würde auch nur im Entferntesten daran denken, meinen Bruder zu bitten, doch bitte mal als gratulierend-unterhaltsame Geste den Fußball hoch zu halten. Heute sind es bei mir eben Geschichten. *Geschichten* wohl bemerkt, keine Gedichte.

Dennoch schnappe ich mir Stift und Papier und lege los:

Liebe Katha,
heut zu deinem Wiegenfeste
wünsch' ich dir das Allerbeste,
wir trinken heut, wie wunderbar,
auf die nächsten vierzig Jahr.

Die Hälfte wäre geschafft!

»Langweilig!«, protestiert meine Freundin.

»Das ist ein Gedicht«, erwidere ich, »das muss so.«

»Du könntest doch einfach etwas Nettes über ihr neues Pferd schreiben.«

Oh ja, ihr Pferd. Es trägt den Namen »Periannath«.

»Hätte sie es mal wenigstens ›My Little Lasagna‹ getauft, als die Zeit dafür reif war. Das wäre doch viel lustiger.«

Meine Freundin seufzt einmal mehr. Ich verstehe das ganze Drama um den Pferdefleischskandal bis heute noch nicht so richtig. Jeder Horst frisst das Zeug, das Rügenwalder in die grobe Mettwurst presst und alle schreien auf, wenn die Lasagne wiehert. Da jucken doch dem Bauern die Hufe. Bei all dem Schrott, der täglich in die Naturdärme der Welt gedrückt wird, ist doch Pferd eigentlich noch Haute Cuisine.

»Nimm das, Köttbullar!«, wirft nun meine Freundin in den Raum. Jetzt müssen wir beide lachen.

»Periannath ist übrigens elbisch«, erklärt sie.

»Na, passt doch«, sage ich. »Franken ist ja auch irgendwie das Auenland Bayerns. Lass uns doch noch einen Sauna-Gutschein dazulegen. Dann kann sie gleich mit ihrem Halbling in die Therme reiten und beim Aufguss den Ring in die Glut werfen.«

»Welchen Ring?«

»Es geht um die Symbolik«, erwidere ich.

»Aha. Wellness und nicht Mordor, mein Lieber!«

»Wir können ihr auch alternativ einfach einen IKEA Gutschein schenken«, merke ich an. »So etwas kommt doch immer gut.«

»Prima Idee«, sagt meine Freundin. »Dann kannste deinen blöden Hammer gleich mit verschenken.«

So wird das nichts, denke ich und packe die Wendy ein. »Wusstest du eigentlich, dass es im Internet einen Wendy-Club gibt? Habe ich gestern gefunden. Da heißt der Anstups-Button ›Anwiehern‹. Lustig, oder?«

»Geht so«, meint meine Freundin und öffnet den Wein.

PROTOKOLLE
DES WINTERS

15. Oktober, 6:00 Uhr. Ich wache auf. Eine gute Voraussetzung für den Start in den Tag. Über meine Bettdecke erstreckt sich ein weißer Teppich aus Morgentau. Meine Freundin schläft seelenruhig weiter und kuschelt mit einem Schneeengel, den ich während der Nacht in unruhigem Schlaf ins Bettlaken geformt habe. Beim Versuch, ihr zärtlich über die Wangen zu streicheln, brechen die Haarspitzen wie eine in Trockeneis eingelegte Rose ab. Um diesen Umstand zu vermeiden, hätte man auch einfach das Fenster schließen können, aber ein geschlossenes Fenster ist ja oftmals der Beginn einer verbauten Zukunft. Kennt man ja: Fenster geschlossen, Konto überzogen, Pleite, Nazi, Tod. Dann doch lieber Schnupfen.

Im Wohnzimmer herrschen Minustemperaturen. Ich stelle die Heizung auf fünf, fülle den Kamin, schalte die Herdplatte und Xbox als externe Wärmequellen ein und lege mich mit der Heizdecke in die Badewanne.

6:15 Uhr. Nehme den Schweißbrenner und befreie den Balkon von einer 20 Zentimeter dicken Schneeschicht. Die Nachbarskinder haben im Garten eine Schneemannfamilie gebaut und winken begeistert zu mir herauf. Ich winke mit dem Schweißbrenner zurück und lache diabolisch.

Dann stelle ich im Bad die Dusche an und lege mich noch mal Schlafen. Wache jedoch kurz darauf durch die chemische Reaktion von Wasserdampf und Morgentau auf. Durch unseren Hausflur legt sich dichter Nebel.

Ich klemme mir die Fahrradrückleuchte an die Boxershorts und suche das Schlafzimmer. Im Radio läuft »I Follow Rivers«. Die coole Version. Von Triggerfinger. Immerhin.

6:30 Uhr. Meine Freundin betritt völlig verstört das Badezimmer, da sie von einem herabfallenden Eis-Stalaktiten geweckt wurde. Aber immerhin ist sie wach.

Bemerke zufällig, dass unser Hund mit der Zunge am zugefrorenen Trinknapf festklebt und bewundere ihn einen Moment lang, da ich das

Ding mit der Laterne und der Zunge schon immer mal ausprobieren wollte.

6:40 Uhr. Befreie den Hund mit dem Schweißbrenner. Er freut sich, kann es aber nicht zeigen. Auf dem Weg zum Auto stelle ich fest, dass dieses unter einer Dachlawine begraben ist. Das ist seltsam, da es weder Dächer noch Bäume in der unmittelbaren Nähe gibt. Der Parkplatz meines Nachbarn ist geräumt. Das ist auch seltsam.

6:50 Uhr. Werfe Chinaböller auf mein Auto und befreie es von den Schneemassen. Das machen die in den Bergen schließlich auch immer so. Gut, selten mit Chinaböllern, aber kontrolliert sprengen. Die aus den Detonationen resultierenden Dachlawinen begraben den Hasen meiner Nachbarin. Er mag Schnee auch nicht.

7:00 Uhr. Unser Nachbar robbt vom Lärm aufgeschreckt im Biathlondress durch den Schnee und sucht den Feind. Er erklärt mir den Krieg. Ich erkläre ihn für bescheuert.

7:10 Uhr. Der Schneemann teilt mir mit, dass er eigentlich gar kein Schneemann ist, sondern Frau Klinkenmeyer aus dem 3. Stock, die es – vom vorzeitigen Wintereinbruch überrascht – nicht rechtzeitig geschafft hat, die Wäsche von der Leine zu hängen. Das kann ja jetzt jeder behaupten, denke ich und stecke ihr eine Karotte ins Gesicht.

7:30 Uhr. Die Nase läuft, der Hals tut weh, ich glaube, ich muss sterben. Ich erzähle meiner Freundin, dass ich ein Licht am Ende des Tunnels sehe, als im Nachbarsgarten die Weihnachtsbeleuchtung getestet wird und zwei überdimensionierte Engel ein Halleluja einstimmen.

7:45 Uhr. Die Nachbarstochter rennt verzweifelt durch den Innenhof auf der Suche nach ihrem Hasen.

»Ich habe dir einen Schneehasen gebaut«, sage ich und deute auf einen Haufen, an dessen Oberfläche zwei Ohren aus dem Schnee ragen. Er mag Schnee immer noch nicht. Schalte im Auto die Standheizung ein und lege mich mit einem Buch aufs Sofa.

8:00 Uhr. Stelle schockiert fest, dass »Shades of Grey« keine Romantrilogie über Winterdepressionen ist.

8:15 Uhr. Ich rufe Boris an und sage ihm, dass ich friere. Mein alter Mitbewohner erklärt, man müsse die Türen schließen, wenn ein guter Freund gehe. Sonst würde es kalt. Das habe schon Bertolt Brecht gewusst. Nun bin ich auch noch traurig.

9:00 Uhr. Das Auto ist warm. Im Radio läuft »I Follow Rivers«. Die doofe Version. Von … die doofe Version eben. Im Garten bekommen die Kinder die globale Erderwärmung veranschaulicht. Familie Schneemann entpuppt sich aufgetaut als Familie Rottenberg von unten rechts. Unser Nachbar im Tarnanzug robbt beleidigt zu seiner Frau zurück, die strampelnd auf dem Boden liegt und gegen den Hasen der Nachbarstochter ankämpft, der sich über die Karotte in ihrem Gesicht her macht. Über den Dächern der Stadt lächelt die Sonne. Krokusse brechen aus dem vereisten Boden während eine Schar Zugvögel Vivaldi im Kanon zwitschert. Ich packe meine Badehose und fahre zum Weiher.

AKT 6: DREI ECKEN, EIN ELFER

»Ey, Schiri! 80 Kilo fallen nicht von alleine!«

Die Menge tobte. Mein Vater rannte, wie heute Jürgen Klopp, wild gestikulierend am Spielfeldrand auf und ab und beschimpfte den Schiedsrichter. Die Zuschauer jubelten. Ich zappelte im Netz wie ein Pottwal in japanischem Gewässer. Dann der Schlusspfiff.

Dass ich es überhaupt in die F-Jugend des örtlichen Fußballvereins geschafft hatte, hatte ich nicht meinen filigranen und technisch ausgefeilten Fähigkeiten am Ball zu verdanken, sondern einer Kombination aus diplomatischem Geschick meiner Oma und juristischem Staatsexamen des Nachbarn.

»Das Spiel dauert 90 Minuten, der Ball ist rund, vor dem Spiel ist nach dem Spiel, elf Freunde müsst ihr sein und der Dicke darf mitspielen!«, waren die aufbauenden Worte unseres Trainers in der Umkleidekabine.

Ich fühlte mich auf dem Platz so fremd wie ein Delfin in einer Thunfischdose. In meinem Trikot, welches es selbstverständlich nicht in meiner Größe gab, sah ich aus, wie der kleine, moppelige Bruder von Ailton. Zu allem Überfluss hatte sich der örtliche Metzger gedacht »Ick glob, ick mach ma wat richtich Verrücktes, wa?« und sponserte unseren Verein mit dem knackigen Slogan »Die Wurst«. Kam natürlich super an. Vor allem bei den Mädchen. Hatte ich doch allen verschwiegen, dass mein eigentliches Interesse am Fußball nicht dem runden Leder galt, sondern Ines. Ines war auch rund, stand im Eckigen und liebte Uwe Kamps. Während sich die Berufswünsche meiner Schulkameraden um Weltall, Lokomotiven oder Feuerwehr drehten, war mein Traum: Spielerinnenmann. Dass ich auf dem Feld so kompakt stand und die Räume eng machte, lag nicht an meiner vorausschauenden Spielweise, sondern an meiner bloßen Anwesenheit. Meine Leistungen entsprachen nicht denen eines echten Sechsers, sondern waren $4 \times \pi \times r^2$-Kugelblitz. Die Anweisung des Trainers, das Spiel breit zu gestalten, habe ich eindeutig fehlinterpretiert. Das Fernsehen war mit Kameras da, aber nicht für ran! SAT.1

Fußball, sondern für Super RTLs Upps! Die Pannenshow. Sie hielten jede meiner Bewegungen für die Nachwelt fest, Slow Motion lieferte ich dabei direkt, ohne Nachbearbeitung. Da meine Eltern der festen Überzeugung waren, dass man nicht mit vollem Magen zum Sport ging, wurde ich regelmäßig vom Platzwart darauf hingewiesen, doch bitte nicht den Löwenzahn am Spielfeldrand zu verzehren. Als ich zum wiederholten Male wegen unfreiwilligen Sperrens ohne Ball vom Platz flog, gab ich meinen Rücktritt vom Amateursport bekannt. Das machte das Team zwar nicht erfolgreicher, bot aber jedem verbliebenen Spieler mehr Freiraum zur persönlichen Entfaltung. Denn wichtig ist *am Platz* und *die Null muss stehen.*

DER HERR
DER SCHLÜSSEL

»Ich habe mich in meiner Wohnung eingesperrt. Könnten Sie mir bitte helfen?«

Der Mann am anderen Ende der Leitung schweigt unüberhörbar und kratzt sich – so hoffe ich – den Bart.

»Können Sie denn beweisen, dass es auch wirklich Ihre Wohnung ist?«, fragt er. Ich blicke mich um und erkenne die Umzugskartons, die nun seit zwei Monaten unangetastet in meinem Flur stehen.

»Ja«, erwidere ich. »Ich stehe, wie gesagt, *in* meiner Wohnung!«

Der Mann lacht. »Das ist doch kein Argument!«

Nein, natürlich ist es kein Argument, denke ich. Wer kennt sie nicht, diese fiesen Einbrecherbanden, die persönliche Wertgegenstände in Praktikerkartons verpackt zu ihren Einbrüchen mitnehmen.

»Hören Sie«, fahre ich fort, »wenn es nicht meine Wohnung wäre, hätte ich Sie bestimmt nicht angerufen, sondern wäre gleich vom Balkon gesprungen.«

Der Mann zögert. Das Argument war gut, denke ich.

»Warum springen Sie dann nicht?«, fragt er. Das Argument war doof, denke ich.

»Weil … es regnet?«, erwidere ich. Schon wieder dieses Kratzen.

»Und wieso wollen Sie dann unbedingt raus?«

»Weil … das Gefühl so schön ist, wenn man rein kommt?«

»Ach so, macht Sinn. Na, dann komme ich mal, was?« Er legt auf. Zwanzig Minuten später klingelt es an meiner Haustür.

»Och, das ist ja lustig. Eigentlich stehen meine Kunden immer hier draußen und frieren!« Ich schaue ihn durch den Türspion an.

»Och, das ist ja lustig«, entgegne ich, »eigentlich tue ich das auch.« Der Mann schaut irritiert.

»Und wieso heute nicht?«

»Meine Zigaretten sind alle«, erkläre ich, und das ist nicht mal gelogen. Natürlich besteht kein Grund, bei dermaßen miesem Wetter auch nur einen Schritt vor die Tür zu setzen, wenn nicht der Umstand einer leeren Zigarettenschachtel dies erfordern würde. Es gibt nur wenige Dinge, die mir den Morgen verderben können. Erstens: keine Kaffeepads, dafür aber Milch und Zigaretten da. Zweitens: Kaffeepads und keine Milch, dafür aber Zigaretten. Drittens: weder Kaffeepads noch Milch, aber Zigaretten. Oder aber, und das ist der schlimmste Fall, viertens: Kaffeepads und Milch vorhanden, aber keine Zigaretten.

»Was hat das mit mir zu tun?«, unterbricht der Schlüsselmann mein Gedankenkarussell.

»Ich würde mir ja Zigaretten kaufen«, erkläre ich, »aber ich habe mich, wie gesagt, eingesperrt.«

»Ach so«, sagt er.

Der Mann scheint zu verstehen, denke ich.

»Also, Zigaretten habe ich.«

Der Mann scheint nicht zu verstehen, denke ich und frage mich außerdem, wie er meine Sucht durch die geschlossene Tür befriedigen will. Durch den Türspion mit Sicherheit nicht.

»Eigentlich muss ich meine Kunden an dieser Stelle bitten, mir die Wohnung zu beschreiben, um sicherzugehen, dass es auch wirklich ihre ist«, erklärt er mir. »Das macht in diesem Fall aber nicht viel Sinn, oder?«

»Macht nicht viel Sinn, nein!«

»Und was machen wir jetzt?«

»Nun, ich könnte Ihnen ja beschreiben wie es draußen aussieht«, schlage ich vor.

»Das erscheint mir jetzt auch nicht so sinnvoll«, erwidert das Schlüsselkind. Langsam bin ich genervt.

»Könnten Sie jetzt bitte die Tür aufmachen?«

Der Mann nickt, kramt in seiner Kiste und stochert mit dem Schlüssel der Macht im Schloss herum. Kurze Zeit später ist er drin. Endlich!

»Sie haben eine schöne Wohnung. Also, wenn es Ihre sein sollte.« Er lächelt und schaut sich um. Bestimmt sucht er den Raum nach eventuellen Gegenständen ab, mit denen er mich im Fall der Fälle in die Flucht schlagen kann.

»Danke, frisch renoviert«, entgegne ich. Sein Blick wandert durch die einen Spalt weit offenstehende Schlafzimmertür.

»Da liegt jemand in Ihrem Bett«, bemerkt er und verlangt nach einer Antwort. Ich tue überrascht, halte mir in blankem Entsetzen die Hand vor den Mund und erwidere: »Oha. Jetzt hamse mich aber erwischt! Nein, das ist meine Freundin.«

Er atmet durch.

»Sicher?«

»Nun, ich kann es natürlich noch mal überprüfen, aber ich müsste mich schon schwer irren, wenn es nicht so wäre.«

»Könnten Sie Ihre Freundin bitte wecken? Ich muss mich absichern. Vorgaben, Sie verstehen sicherlich.«

Das meint er jetzt nicht ernst, hoffe ich.

»Sicher?«, frage ich, um mich abzusichern.

»Ganz sicher.«

Der drohenden Gefahr bewusst lege ich mich aufs Bett und hauche ihr mit dem Odem des Morgens ins Ohr: »Schatz, wach auf. Ich brauche ein Alibi.« Das wollte ich schon immer mal sagen.

Meine Freundin dreht sich orientierungslos um. Für einen kurzen Moment fühle ich mich auch nicht mehr sicher. Ihr »Blick« wandert von mir zu dem Typen mit dem Schlüsselbund, der sich sicherheitshalber hinter dem Türrahmen verschanzt hat, und dann wieder zurück.

»Der Herr glaubt nicht, dass ich hier wirklich wohne«, erkläre ich.

»Kann man schon glauben«, brummt sie in unsere Richtung.

»Geht es Ihnen gut?« fragt er. Sie blickt mit zusammengekniffenen Augen auf den Wecker und schüttelt verständnislos den Kopf.

»Ist das hier 'ne Soap?«

»Nur ein Kundengespräch«, erkläre ich.

»Ich habe da so meine Vorgaben, Sie verstehen?«, fügt der Mann hinzu.

Meine Freundin starrt ihn nun mit weit aufgerissenen Augen an.

»Die Frage ist, ob es Ihnen noch ganz gut geht!«

Der Mann nickt. Ich verschanze mich hinter dem Türrahmen.

»Sicher?« Meine Freundin wird lauter, der Schlüsselmann verlässt kommentarlos den Raum und schließt hinter sich ab. Dann greift sie in die Nachttischschublade, bringt eine Schachtel Zigaretten zum Vorschein und geht auf den Balkon.

»Magst du?« Sie lächelt und reicht mir Feuer. Ich blicke nach draußen.

Es regnet.

BIOGRAFIE EINES DICKEN KINDES

AKT 7: DER HERR DER RINGE

»Hol den Ring! Ja, hol den Ring!«

Durch die beschlagenen Kunststoffgläser der Taucherbrille konnte ich die Umrisse meines Schwimmlehrers erahnen, der am Beckenrand stand und zwei Hartgummiringe ins Schwimmerbecken warf, die nach einem dumpfen *Plonk* auf die Wasseroberfläche langsam nach unten sanken.

In seiner roten Badehose und dem weißen Polohemd sah Herr Schmidt aus wie David Hasselhoff. Nur dass wir uns nicht in Malibu Beach befanden, sondern im Stadtbad und er, statt hübsche Menschen aus der tosenden Brandung zu retten, mich zum Abtauchen animierte. Was von Träumen übrigbleibt.

»Hol den Ring! Ja, hol den Ring!«

Ich bewegte mich so anmutig im Wasser wie ein Hund auf Stöckchenjagd im Tümpel. Bloß konnte mein Stöckchen nicht schwimmen, lag auf dem Grund des Beckens und ich schwamm oben. Ich schwamm immer oben. Im Fernsehen sah das alles viel einfacher aus. Aber ich hieß nicht Arielle, besaß keine Flossen und war mehr Mops als Jungfrau. Rückenblickend betrachtet wäre dass Seekuh-Abzeichen viel passender gewesen.

Ich war nicht der Typ, der im Sonnenaufgang in roter Badehose über den Strand joggte oder sich zur tosenden Baywatch-Intro-Musik in die tosenden Wellen stürzte. Ich war eher Typ Boje im Binnenhafen Duisburg. Bei Regen.

Nach einigen Versuchen und 25 Kilo Zusatzgewicht, das mir Hasselhoff-Schmidt in Form eines Bleigürtels um die Hüften geschnallt hatte, hatte ich es endlich geschafft. Ich zelebrierte das Aufsetzen am Grund mit einem spontanen Moonwalk und riss die Ringe in die Höhe wie 1990 Brehme den WM-Pokal.

»Ein kleiner Tauchvorgang für mich, ein großer für die Menschheit.« Ich fühlte mich im flüssigen Element so frei wie eine fette Elfe im Glaspalast. So lange der Dicke noch tanzt, ist die Party nicht zu Ende.

Dass die Party sich doch langsam dem Ende zuneigte, signalisierten die aufsteigenden Luftbläschen. Das Letzte, woran ich mich erinnere, ist Herr Schmidts beherzter Sprung in die tosenden Fluten des Hallenbads. In Heldenmanier riss er den Klettverschluss des Bleigürtels auf, der mich zwar wie geplant nach unten befördert, aber den Auftauchvorgang enorm erschwert hatte. Der Gürtel fiel nach unten und ich stieg, den Gesetzen der Natur entsprechend, auf. Mit letzter Kraft wuchtete ich mich über den Rand des Beckens, während sich meine Badehose verflüchtigte und zumindest das Elfenbild kurzzeitig zerstörte. Ich hielt die beiden Ringe so fest in meiner Hand wie einst Harry den goldenen Schnatz. »Mein Schnatzzz!« Dann wurde ich ohnmächtig.

»Schach Matt!« Oppa würfelt eine Sechs, zerreißt seine Missionskarten und schreibt »Deutschland« zur besseren Orientierung mit schwarzem Edding auf das Spielbrett.

Über unseren Esstisch erstreckt sich ein überdimensional großes Risiko-Spiel, mit den von Oppa nachträglich einskizzierten Grenzen von 1933. Er positioniert seine Truppen in Mitteleuropa und wundert sich über die unspezifischen Ländergrenzen, mein Cousin besetzt Mittelerde und wundert sich über das Fehlen von Orks, ich wundere mich in dieser Familie über gar nichts mehr.

»Bei diesen ganzen Einzelmissionen verliert man doch das große Ganze aus den Augen!«, empört sich Oppa. »Das Endziel, quasi!«

»Das Spiel heißt ›Risiko‹, Oppa«, entgegnen wir, aber er winkt ab.

»Wenn ich '44 mit 'm Russen im Graben gewürfelt hätte, *das* wäre Risiko gewesen!«

Das wär's doch, denke ich mir, Nationenkonflikte per Kniffel austragen.

Meine Schwester versammelt unterdessen seelenruhig ihre Reiterstaffeln in Skandinavien und hält sich aus allem raus. Ihr einziger Verbündeter: Island. Wegen der Ponys.

»Das hier ist ein Schlachtfeld und keine Pferdekoppel!« Oppas Gesicht läuft rot an.

Omma wendet sich einem alten Familienalbum zu und schwelgt in Erinnerungen.

»Als der Oppa in deinem Alter war, da war er schon 30! Das muss man sich mal vorstellen!«

»Da ham die Protestparteien ›Schiffe versenken‹ auch noch offline gespielt!«, merke ich an.

»Ich war mit dreißig Jahren ja schon Veteran!«, erklärt er weiter und hält sich mit schmerzverzerrtem Gesicht das Bein.

»Kriegsverletzung?«, frage ich.

»Nee, eingeschlafen«, sagt Oppa.

»Wärt ihr mal '44 eingeschlafen. Da hätte der Russe aber vorm Graben gestanden, wie der Zwerg vorm Schneewittchen«, wirft mein Cousin ein.

»Und du arbeitest jetzt echt im Außendienst, Junge?« Omma klammert sich immer noch an das völlig vergilbte Bild meines Großvaters. Ich nicke.

»Ich hab ja auch mal im Außendienst gearbeitet!«, erzählt eben dieser jetzt stolz.

»Ich dachte du warst Maurer?«, frage ich.

»Ich meine doch den Krieg, den ham wir doch auch nicht drinnen verloren!« Er fährt kopfschüttelnd mit den Fingerspritzen über Mitteleuropa und räuspert sich. »Außendienst ist wie Krieg!«, fährt er fort. »Es geht immer um Fläche und Raumgewinn!«

»Du, ich arbeite in Österreich. Das ist ein eher suboptimaler Vergleich!«

»Schreibst du eigentlich immer noch diese Geschichten, Junge?« Omma blickt mich neugierig an. Ich hole einen Notizzettel unter dem Esstisch hervor und grinse.

»Der verarscht dich doch immer beim Vorlesen«, petzt mein Cousin.

»Ich hab schon Geschichte geschrieben, da gab es noch gar keine deiner Geschichten!«, protestiert Oppa.

»Und dieses ›Slammen‹! Als der Oppa in deinem Alter war, da wurde noch vom Balkon aus geslammt!«, fällt mir nun auch noch mein Onkel in den Rücken.

»Ja, sicher, damals wurde auch noch per Handzeichen abgestimmt und mit den Hacken applaudiert.« Oppa überhört das.

»Wird wirklich Zeit, dass du mal was Richtiges arbeitest!«, setzt mein Onkel das In-den-Rücken-Fallen fort. Ich mache ihn darauf aufmerksam, dass ich bereits mit vierzehn Jahren Zeitungen ausgetragen habe, woraufhin er lautstark zu lachen beginnt. Schließlich habe der Oppa mit vierzehn schon dafür gesorgt, dass die Zeitungen überhaupt was zu schreiben hatten.

»Ja klar, und ohne ihn hätte n-tv heute auch kein Nachmittagsprogramm«, füge ich hinzu und bemerke erst jetzt, dass im Hintergrund eine Folge »Hitlers Helfer« läuft.

Währenddessen spitzt sich die Risiko-Situation zu und wird immer skurriler. Meine Schwester hat mittlerweile aus Zahnstochern einen Weidezaun gebastelt und verteilt liebevoll grünen Filz über das Spielbrett. Oppa ist mit meinem Cousin in einem Disput über die Existenz des Auenlandes verwickelt, der wiederrum beleidigt ist, weil er seine Charaktere nicht hochleveln kann und versucht, Oppa mithilfe von Magic-Karten mit Spezialzaubern zu bekämpfen, woraufhin meine Schwester anmerkt, dass das Zaubern außerhalb von Hogwarts verboten sei. Im Hintergrund summt mein Onkel »Auferstanden aus Ruinen«.

Auf n-tv läuft nun eine Dokumentation über den Untergang der Bismarck. Oppa prangert Geschichtsfälschung an und zieht seine Truppen nach Ozeanien. Mein Cousin erklärt, das Spiel sei erst zu Ende, wenn der Ring im Feuer läge und ich erkläre den Plan, historische Zusammenhänge spielerisch mit Risiko zu erlernen, eindeutig für gescheitert.

AN TAGEN
WIE DIESEN

»Telefonieren im Auto ist ganz einfach. Du musst nur dein Handy mit dem Blueberry verbinden.« Omma lacht und rutscht unruhig auf dem Rücksitz hin und her.

»Du meinst Bluetooth, oder?«, frage ich.

»Quatsch! Samsung iPhone!«

Jetzt bin ich verwirrt. Meine Großeltern halten nicht sehr viel von moderner Technik. Letztes Jahr haben wir ihnen zu Weihnachten einen EDV-Kurs an der VHS geschenkt. Seitdem ist Oppa der festen Überzeugung, dass man mit Windows Vista den Krieg definitiv auch verloren hätte. Einmal war er der festen Überzeugung, auf seinem Weltempfänger Klopfbotschaften des russischen Geheimdienstes zu empfangen, bis mein Bruder ins Zimmer kam und ihn darauf hinwies, dass er Sunshine Live angestellt habe und das Dubstep sei.

Oppa hat Omma zum Valentinstag einen Ausflug zum Veteranentreffen nach Kleinlinden geschenkt. Natürlich hätte es ein Strauß Blumen auch getan, aber mein Großvater ist der Auffassung, dass ein Garten genug der Romantik ist.

Da er mittlerweile eingesehen hat, dass er wegen seiner schlechten Dioptrienwerte kein Auto mehr fahren sollte, fahre ich. Wir haben eigentlich immer auf den Tag gewartet, an dem Oppa die Sonnenstrahlen in seinen Prismengläsern bündeln und andere Verkehrsteilnehmer ganz aus Versehen durch bloßen Blickkontakt zerstören würde.

Veteranenzusammenkünfte sind so ein klein wenig wie die Opel-GT-Treffen der Kriegsgeneration. Nur dass man sich nicht an irgendeinem abgeschiedenen Weiher in der Uckermark trifft, sondern in einem »Gasthof zur deutschen Eiche«, während sich das Tuning auf Hüften, Prothesen und sonstige lebenserhaltende Maßnahmen beschränkt.

»Ich mach jetzt übrigens auch dieses Yoga«, unterbricht Omma meine Gedanken. Sie versucht, ihre Beine in schneidersitzähnliche Haltung zu bringen und streckt ihre Arme sonnengrußmäßig in die Höhe.

»Pah, Yoga. Das ist doch bloß Zirkeltraining auf Indisch!«, protestiert Oppa vom Beifahrersitz.

»Tanzt ihr beim Yoga den ›Harlem Shake‹?« Boris mustert meine Großmutter und schmunzelt.

»Da ist nix mit ›Harlem Shake‹, die Omma hat es mit der Hüfte«, sage ich.

Mein alter Mitbewohner sitzt schmunzelnd auf der Rückbank und liest »Das Kapital« von Karl Marx. Ich habe Boris gebeten, mich auf diesem Trip in die Vergangenheit zu begleiten. Nicht zuletzt, weil ich beim letzten Mal fast mit der Tochter des ehemaligen Kompanieführers zwangsverheiratet wurde. Sicher ist sicher.

Im Radio läuft ein Hit-Medley von Peter Alexander. Er singt von Heimat, Tradition und Liebe. Ich sehe, wie Boris heimlich mit Zeige-, und Mittelfinger einen Bart an der Oberlippe andeutet.

»Dieser David Guetta spielt wirklich wunderschön Geige, aber er läuft rum wie ein Penner!«, sagt Omma.

»Du meinst David Garrett, oder?«, frage ich.

»Na der mit der Geige«, sagt Omma

»Das ist doch der Rieu!«, sagt Oppa.

»Quatsch, Walter. Der Rieu spielt Trompete!«

»Der Mross spielt Trompete!« erwidert Oppa.

»Das ist doch der Schwule, oder?«, fragt Omma.

»Das ist Patrick Lindner. Der singt und spielt keine Geige.«

»Ich meine aber den Blonden mit der Geige«, erwidert Omma.

»Das ist David Garrett«, sage ich. »Der andere macht Elektro auf Ibiza.«

Oppa schweigt und kramt einen Underberg aus dem Handschuhfach. Schnaps, finden meine Großeltern, ist das effektivste Mittel gegen überhöhten Blutdruck. Oder ein Kühlschrank voller Piccolos. Boris hat mittlerweile das Buch beiseitegelegt und lauscht der anregenden Diskussion. Ich bin wirklich froh, dass er dabei ist. Das glaubt einem ja sonst keiner.

Der »Gasthof zur deutschen Eiche« ist ein rustikales, etwas in die Jahre gekommenes Fachwerkhaus, das den Krieg – im Gegensatz zu seinen Insassen – ohne bleibende Schäden überstanden hat. Es wirkt sowohl von innen als auch außen so altbacken, dass man sich auch nicht mehr wundern würde, wenn die gesamte Belegschaft jeden Morgen noch dem Kaiser salutieren würde.

»Walter, Kamerad, schön dich wiederzusehen!« Ein nicht nur in die Jahre gekommener, sondern darüber hinaus gegangener Herr mit beiger Jacke, beiger Hose, beigen Schuhen und Hut umarmt meinen Großvater.

»Dann muss das wohl dein Nachkomme sein!« Er lächelt und klopft Boris auf die Schulter. Ich möchte intervenieren, komme aber nicht dazu.

»Melde mich zurück, Genosse!« Mein Mitbewohner hat eindeutig zu viel Marx gelesen. Der Mann in beige schaut irritiert.

»Das ist mein ehemaliger Mitbewohner«, sage ich. Boris lächelt und wirft mir einen Handkuss zu. Der Mann in beige schaut irritierter.

Nach einer einstündigen Begrüßungszeremonie, mit mehreren Reden und Militärmärschen und Pipapo, dürfen wir uns endlich dem Buffet widmen.

»Also, im Sportpalast wäre der Typ gefloppt«, sagt Boris. »Der Spannungsbogen war interessant wie eine Kate-Saunders-Romanze.« Er steht auf und holt Luft. Noch bevor ich ihm elegant unterm Tisch einen Tritt gegen das Schienbein verpassen kann, legt er los.

»Liebe Genossinnen, liebe Genossen.« Stille.

»Ich freue mich, dass sich heute so viele unerbittliche Kämpfer für das durch Zufall und kulturellen Wandel entstandene, geografisch abgegrenzte, im ›Prollmund‹ auch ›Schlaaand‹ genannte Gebiet an diesem Ort versammelt haben, um den Opfern zu gedenken, die im Kampf gegen ›die da oben‹ ihr Leben gelassen haben.« Zustimmendes Nicken aus den hinteren Reihen. Oppa schüttelt den Kopf.

»Liebe Kameraden, eine Geschichte kann man zensieren, aber ihr Geist wird weiter leben!« Er erhebt die linke Faust in die Höhe. Mehrere Fingerknochen treffen auf die Tische und fügen sich zu einer Stammtischsymphonie zusammen.

»Gerade in diesen Zeiten ist es so wichtig, für seine Ziele zu kämpfen. Es muss wieder ein Ruck durchs Land gehen!«

»Jawoll! Die spinnen, die da oben!«, ruft ein älterer Herr in beiger Hose, beiger Jacke, beigen Schuhen und Hut. Alle erheben sich von ihren Sitzplätzen.

»Auf den Kommunismus!« Boris erhebt sein Glas. Stille. Der Mann in beige erblasst. Oppa verschluckt sich und sucht nach einem Underberg. Aus einer Ecke des Raumes kommt ein paniertes Schnitzel geflogen und verfehlt Boris' Gesicht nur knapp. Mein Mitbewohner sieht ein, dass seine packende Rede an dieser Stelle nicht den gewünschten Effekt erzielt hat. Die ersten Alten schnipsen nun mit ihren Löffeln Pudding in unsere Richtung. Wir packen meine Großeltern ein und verlassen den Gasthof. Der pöbelnde Veteranenmob folgt uns – im Rahmen seiner Möglichkeiten. Ein halbes Hähnchen fliegt in unsere Richtung, Oppa wehrt es in Ninjamanier eines Meister Splinter mit dem Gehstock ab. Dann machen wir uns auf dem Heimweg.

»War doch ein ganz netter Tag, oder?« Boris lächelt zufrieden. Omma blickt aus dem Fenster. Oppa sagt nichts. Ich schweige.

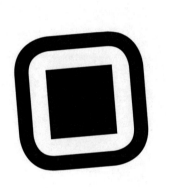

Dank

Meiner Familie für das Drehbuch meines Lebens, Rosalie für das tägliche Ertragen des ganzen Quatsches, Irina für verrückte Ideen, Marvin für beste Büchermacherei ever, Peter fürs maßgebliche Mitschreiben des Einzugstextes, Annette und Steffi für Freundschaft, Urlaube und Gedankenanstöße und natürlich Sebastian, Vivi, Walter, Carmen, Eric, Andrea, Nicolas, Frederic, Chip, Chip, Chip, Chip und Chap, Meister Splinter, Raphael, Donatello, Michelangelo, Leonardo, Inspector Gadget, dem Disney Club, New Kids on the Block, Herrn Schmidt, Darkwing Duck, Micky, Donald, Captain Planet, Ralf Bauer, Antje Pieper, Stefan Pinnow, Käpt'n Balu und seiner tollkühnen Crew, Christian, Marcus, Lars, Bo, Jürgen, der Schlucke und dem Boris in uns allen.

Im Blaulicht-Verlag erschienen:

Thomas Langkau
Kopf App!

ISBN 978-3-941552-21-0

Satzsucher Thomas P. Langkau veröffentlicht seinen zweiten Band mit Texten, die er auf Poetry Slams und Lesebühnen vorträgt. Wie schon in seinem ersten Buch hangelt er sich von einer Krise zur nächsten Katastrophe. Die dabei entstandenen Texte füllen das ganze Spektrum von todtraurig bis urkomisch – und haben ständig noch eine Überraschung parat. Wie das Leben halt so ist. Dass er dabei alle möglichen Textgenres durchstreift, versteht sich fast schon von selbst.
Ein Buch vom Wahnsinn der Welt.
Und von der Liebe.
Und von dem Wahnsinn der Liebe.

Im Blaulicht-Verlag erschienen:

Torsten Wolff
Würde ist ein Konjunktiv
Poetry Slam- und Lesebühnentexte

ISBN 978-3-941552-14-2

Was hülfe es dem Menschen, wenn er die ganze
Welt gewönne und nähme doch Schaden an seiner
Seele? *(Matthäus 16.26)*
Würde ist ein Konjunktiv und damit nur eine
Möglichkeit. Sie ist nichts Gesichertes und nicht
unantastbar. Man kann sie rauben oder mit Fü-
ßen treten, man kann sie verlieren oder verteidi-
gen und vor allen Dingen muss man sie sich ver-
dienen.
In diesem Buch geht es nicht allein um Würde, sondern auch um Spaß am Wort und an der
Dummheit der Menschen. Dieses Buch enthält
36 Texte, die Randgruppen ins Zentrum setzen,
Missstände anprangern, Vorurteile vorverurteilen
oder einfach nur lustig sind.